Danielle Boulianne

Commotions

Tome 7
de Bienvenue à Rocketville

Illustrations

Jessie Chrétien

Collection Œil-de-chat

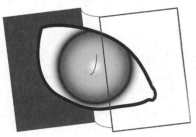

Éditions du Phœnix

© 2015 Éditions du Phœnix

Dépôt légal, 2015
Imprimé au Canada

Illustrations : Jessie Chrétien
Graphisme : Hélène Meunier
Révision linguistique : Madeleine Vincent

Éditions du Phœnix

206, rue Laurier
L'île Bizard (Montréal)
(Québec) Canada H9C 2W9
Tél.: (514) 696-7381   Téléc.: (514) 696-7685
www.editionsduphœnix.com

**Catalogage avant publication de Bibliothèque et
Archives nationales du Québec et Bibliothèque et
Archives Canada**

Boulianne, Danielle
    **Commotions : tome 7 de Bienvenue à Rocketville
    (Collection Œil-de-chat)**
    Pour les jeunes de 9 ans et plus.
    ISBN 978-2-924253-42-7

    **I. Chrétien, Jessie. II. Titre. III. Collection :
Collection Oeil-de-chat.**
PS8553.O845C65 2015   jC843'.6   C2015-941066-5
PS9553.O845C65 2015

Conseil des arts   Canada Council
du Canada   for the Arts

Nous remercions la SODEC de l'aide accordée à notre programme
de publication. Nous reconnaissons l'aide financière du gouverne-
ment du Canada par l'entremise du Fonds du livre du Canada pour
nos activités d'édition à notre programme de publication.

Nous remercions le Conseil des arts du Canada de son soutien. L'an
dernier, le Conseil a investi 154 millions de dollars pour mettre de l'art
dans la vie des Canadiennes et des Canadiens de tout le pays.

We acknowledge the support of the Canada Council for the Arts,
which last year invested $154 million to bring the arts to Canadians
throughout the country.

Danielle Boulianne

Commotions

Éditions du Phœnix

De la même auteure chez Phœnix :

À Attila, mon gros chat,
tellement agréable à flatter
quand je réfléchis à mes histoires.

Prologue

L'été bat son plein à Rocketville. La vague de chaleur qui y sévit depuis la fin juin se poursuit jour après jour. Rien, pas même un orage, ne vient freiner la folle ascension du mercure. Dame Nature ne daigne même pas souffler un léger vent la nuit pour chasser l'humidité. Les chiens et les chats dorment à l'ombre, et les mouches volent au ralenti !

La bande d'amis, qui transpirent à grosses gouttes depuis la fin de leur première année de secondaire, a décidé de s'offrir un temps de repos. Leur dernière année dans les rangs pee-wee a été chargée, et c'est sans oublier leur rentrée scolaire en sport-études. Pour certains, l'adaptation a été facile, mais pour d'autres, elle s'est avérée plus éprouvante. Pour cette raison, des décisions doivent être prises cet été. Et quoi de mieux, quelquefois, que la *bella vita* pour faire les bons choix !

Certains sont déjà convaincus d'être sur la bonne voie et vont continuer dans la même direction. C'est le cas de Zack, de Joey, de Naomi, de Nathan et de Félix-Olivier qui poursuivront leur secondaire en sport-études. Nao et Nath, pour leur part, amorceront leur deuxième année de secondaire en tant que célibataires. Eh oui, la Rocketfille a rompu avec David, le capitaine des Panthères. Depuis sa victoire, ce dernier est devenu prétentieux et très, très arrogant.

Laurier, d'un commun accord avec ses parents, mais également avec ses amis, changera d'école. Il ira dans un établissement scolaire spécialisé en arts de la scène. Le hockey le passionne autant que l'improvisation, mais pour la suite de sa scolarité, Laurier choisit la scène. Une décision bien reçue par ses camarades, pour qui l'important était de ne pas le perdre. Surtout depuis que l'ailier droit a confirmé sa présence avec l'équipe pour la saison prochaine.

William, quant à lui, est de plus en plus conscient que le hockey n'occupe plus une si grande place dans sa vie, mais il hésite à se prononcer. Ses parents lui ont donné une échéance : prendre sa décision avant la fin du mois de juillet, car ils devront en aviser la direction. Qu'il quitte ou non le programme sport-études, il continuera d'évoluer avec les Requins. Aucun doute là-dessus !

Quant aux frères Stanson, ils sont divisés pour la première fois de leur vie. Félix-Olivier reste en sport-études, alors que ses frères Roman et Lévi ont choisi d'abandonner. Ils ont opté pour un parcours moins exigeant. Les Requins pourront cependant encore compter sur eux, car ils aiment toujours autant le hockey. Ils n'envisagent tout simplement pas d'en faire une carrière.

Ainsi, l'été écoule ses jours sans que rien de particulier vienne bouleverser l'horaire paisible de tout un chacun, jusqu'à cette annonce de Jean-Roch Laflamme, qui, comme ses autres idées, gagnera à être « attrapée au bond » par la bande... et par Rocketville en entier.

CHAPITRE 1

À l'eau,
les Requins !

Un autre week-end étouffant semble vouloir tourmenter Rocketville. La bande d'amis est convaincue qu'aucune brise ne viendra tempérer la canicule qui devient, chaque jour, de plus en plus accablante. Ce matin, en revanche, Joey apporte une nouvelle plutôt réjouissante ! Sa mère, dans un élan de bonté – ou simplement excédée par toute cette chaleur –, a décidé de faire installer une piscine. Cela n'est pas pour déplaire à la pieuvre, qui meurt déjà d'envie d'y saucer ses tentacules. Les amis poussent un cri de joie : plus besoin de se déplacer dans les parcs de la ville pour s'amuser ! La cour de la pieuvre leur est ouverte. Inauguration officielle dès samedi, treize heures. Les parents et autres amis sont invités pour la soirée.

Samedi arrive rapidement, et chose promise chose due. La piscine est parée, remplie d'une eau déjà relativement chaude, le patio est achevé et le frigo ainsi que le garde-manger débordent de grignotines et de denrées bonnes (et moins bonnes) pour la santé. Ève, la mère de Joey, a même branché des haut-parleurs sur une console numérique. Son fils pourra faire jouer sa musique comme bon lui semble. Le son sera recraché à l'extérieur, tandis qu'à l'intérieur, Ève pourra écouter ses CD en paix. La vie rêvée, quoi !

Tous les amis se présentent chez la pieuvre à treize heures tapantes, comme convenu. Maude, la meilleure amie de Naomi et l'ex-petite amie de Nathan, est de la partie. Les parents retrouveront leurs ados aux alentours de seize heures. La fête se poursuivra en soirée, et nul ne sait à quelle heure elle se terminera. Ève espère que la joie qui clôturait les banquets chez *Astérix et les Gaulois* (bande dessinée qu'elle lit depuis son enfance) rayonnera également jusqu'au départ de ses derniers invités. À cette différence près : pas de sangliers au menu ni de barde pour venir en troubler l'esprit festif ! Du moins, elle l'espère.

Ève, dont le grand sens de l'humour plaît à tout le monde excepté Joey, a un plan en tête pour ouvrir les festivités. Une fois les convives réunis, elle demande leur attention.

— Je vous fais grâce du discours d'inauguration officiel, mais pas des consignes de sécurité. On ne plonge pas la tête la première, on ne coule personne sous l'eau, et les règles que l'on vous répète depuis que vous êtes tout petits tiennent toujours. Pour le reste, vous êtes des Requins, vous devez savoir nager !

— Peut-on y aller, maman ? demande Joey, impatient.

— Ça ne sera pas long. Que ceux qui n'ont pas déjà leur maillot sous leurs vêtements aillent se changer. Joey, va me chercher l'appareil photo : je veux immortaliser cette première baignade dans notre piscine. Après, je te laisse tranquille.

— Ah, maman !

— Tu perds du temps à te plaindre. Allez, ouste !

Joey s'exécute, non sans ronchonner. Pendant sa courte absence, Ève explique son plan à ses jeunes complices.

La pieuvre revient deux minutes plus tard, l'appareil photo numérique en main. Il a hâte de le lui donner pour pouvoir enlever ses vêtements, lui aussi. Il est d'ailleurs étonné de voir que ses amis sont en maillot, mais totalement secs. *Ils veulent sans doute me laisser l'honneur d'être le premier baigneur à...*

Au moment où il se fait cette réflexion, les garçons se précipitent brusquement sur lui. Naomi et Maude sont chargées de s'emparer de l'appareil. Une fois l'objectif atteint, et ce, dans les deux sens du terme, Maude le met en mode vidéo et commence l'enregistrement. Ève amorce le décompte : 5, 4, 3, 2, 1 ! Au signal, les garçons jettent Joey à l'eau tout habillé. La pieuvre tombe dans le bassin dans un plouf retentissant, sous les applaudissements et les rires de toute l'assistance et de son amie cinéaste pour l'heure.

— Je ne sais pas pour vous, mais moi, je suis une pieuvre, réplique Joey en se laissant flotter sur le dos. J'ai besoin d'eau. J'avais les tentacules secs.

Laurier s'avance à son tour, bondit dans les airs, replie ses jambes sur lui-même et lance un cri de fauve en effectuant une bombe spectaculaire.

— Moi, je suis un requin, le roi de la mer! Je rejoins mon royaume.

— À l'eau! s'écrie aussitôt Zack. Les requins nagent toujours en bancs.

Les adolescents sautent à l'eau, et la piscine se transforme en une mer déchaînée par les vagues qui s'entrechoquent. On rit et on crie à tue-tête. De ce tumulte s'élève la voix de Naomi.

— Dis, « matante », tu n'as pas le goût de venir nous retrouver?

— Je ne me risquerai pas dans des eaux infestées de requins, lance Ève à la blague. Je préfère m'essayer de lire un bon livre.

— Eh bien, n'essaie pas, lis-le! lance Maude, taquine.

— Parlant de requin, tu es la seule parmi nous qui n'en soit pas un. Il faut remédier à la situation ! Les amis, à l'attaque ! s'exclame Zack.

— Au secours ! s'écrie l'adolescente.

Trop tard !

Nathan et Zack ont déjà plongé pour attaquer en sous-marin, et Zack est le premier à la capturer, l'entourant de ses bras pour la faire prisonnière. Maude sourit... et frissonne légèrement.

La première bagarre de piscine va bon train. La bonne humeur, le plaisir et la gourmandise sont au rendez-vous, sous l'œil vigilant d'Ève, qui n'a pas encore épuisé ses surprises pour la soirée.

CHAPITRE 2

Une première
à Rocketville !

Les parents frappent au portail du jardin, vers seize heures. Mario, l'entraîneur des Requins, a lui aussi été invité à la fête. Après tout, il fait presque partie de la famille. Première constatation des adultes en foulant le gazon : les jeunes ont le teint plus hâlé à jouer dans l'eau toute la journée. Certains ont même la peau plissée en raison de leur trop longue baignade.

Une fois les adultes réunis, Jean-Roch Laflamme, le grand-père de Zack et de Nathan, demande aux Requins de sortir de la piscine. Il a une nouvelle importante à leur communiquer. Après s'être raclé la gorge, il annonce, d'une voix solennelle, mais amusée...

— Il y a du nouveau à Rocketville. Le conseil municipal a sollicité mon aide pour un événement spécial, et je n'ai pas pu faire autrement que d'accepter.

— Oh! Oh! lance aussitôt Nathan. Si je me fie au ton de ta voix, grand-papa, tu nous réserves une surprise de taille... et particulièrement exaltante!

— Et nous ne sommes jamais déçus quand tu parles ainsi, renchérit Zack. Je ne me souviens pas avoir été désappointé par tes énigmatiques propositions...

— Ça suffit, les garçons! clame Naomi, agacée. Laissez-le parler! Dites-nous en quoi consiste cet événement? s'informe-t-elle, pour rester dans le sujet.

— Merci, Nao, reprend Jean-Roch. Comme je le disais, le conseil municipal a décidé de mettre du piquant cet été à Rocketville. Nous voulons tenter une nouvelle expérience qui, je l'espère bien, deviendra une tradition : un tournoi de hockey-balle en équipes de cinq joueurs.

Des cris de surprise et d'enthousiasme s'élèvent de toute la bande, regroupée sur le patio.

— Génial, grand-papa! s'écrie Zack, les yeux brillants. Pour quand est prévu le début du projet? Comment fait-on pour s'y inscrire? Quelles sont les catégories d'âge? Doit-on jouer en chaussures ou en patins à roues alignées?

— À ce que je vois, il y a des intéressés!

— Évidemment! renchérit Joey, tout aussi emballé. Est-ce que les équipes seront mixtes? Quel est le prix de l'inscription?

— Est-ce qu'il y aura des équipes de filles? interroge à son tour Naomi.

— Doit-on faire partie d'une équipe qui existe déjà?

Étonnés, les garçons se retournent vers Maude.

— Pourquoi? demandent-ils en chœur.

— Bien quoi? fait la jeune fille. Ce n'est pas parce que je ne joue pas au hockey sur glace que je n'ai pas envie de jouer au hockey-balle. Et vous pourriez être surpris par mes performances, les garçons.

— Ah! Je n'en doute même pas, déclare William, qui a déjà goûté à un affrontement virtuel avec Maude. Si tu es aussi bonne en souliers de course que sur ta console de jeu, je préfère être dans ton équipe, parole de Requin !

— Voilà beaucoup de questions, les jeunes, note le grand-père en se grattant la barbe. Je vais essayer d'y répondre. D'abord, le tournoi se jouera dans la cour d'école, puisque nous avons besoin d'une grande surface pour y aménager deux « patinoires » et des bandes. Bien entendu, quand je parle de patinoire, la surface sera asphaltée et non glacée, et de dimensions un peu moins grandes qu'une vraie glace. Après tout, vous ne serez que quatre contre quatre. Les équipes seront formées de neuf joueurs, soit un gardien de but, quatre attaquants et quatre défenseurs.

— Je croyais que nous allions jouer à cinq contre cinq... remarque Félix-Olivier.

— C'est tout à fait juste, mais jouer un match complet sans changer de duos, vous risquez de trouver cela assez pénible, même sans la chaleur ! Nous aurons donc deux paires de défenseurs et deux paires d'attaquants par équipe.

— Quand aura lieu le tournoi ? s'informe Nathan.

— La dernière fin de semaine de juillet. En plus des gens du village, Rocketville convie les enfants des villages avoisinants à se joindre à nous pour l'aventure. Nous ne jouerons pas en patins à roues alignées, mais plutôt en espadrilles.

— Génial, en chouclaques! s'exclame Joey.

— En quoi? s'écrient tout le monde à l'unisson.

— En « chouclaques », répète Ève. Chez nous, au Saguenay, c'est ainsi que nous appelons les espadrilles. C'est une de nos expressions régionales.

— ... puis « on fait simple »! conclut Naomi, originaire de la même région.

Tout le monde éclate de rire. Jean-Roch Laflamme reprend son discours.

— Les équipes peuvent être mixtes ou formées de personnes de même sexe. On ne fera, cependant, aucune différence lors des affrontements. Bien entendu, les plaquages sont interdits, et les protections minimales sont requises, y compris le casque. Alors, qu'est-ce que vous en dites?

— Je suis partant ! déclare Zack. Qu'en pensez-vous ? demande-t-il à ses amis.

— J'embarque ! dit Nathan.

— Moi aussi ! ajoute Laurier. Pas d'improvisation ni de hockey pour tout un été, c'est trop pour moi. J'ai besoin d'action !

— Je vous suis, décide William. Je peux bien manquer un cours de magie. Es-tu d'accord, papa ?

Le père de William acquiesce. Les réponses continuent d'affluer.

— Je m'engage à l'attaque si vous voulez bien de moi, propose Maude. Les équipes mixtes sont permises, n'est-ce pas, monsieur Laflamme ?

— Bien entendu, mademoiselle.

— Partant ! clame Joey. Vous aurez besoin d'une pieuvre pour garder les filets.

— Génial ! dit Naomi.

— Pourquoi ? interroge la pieuvre.

— J'avais le goût de jouer, mais je me disais que ce serait bien de ne pas me retrouver dans les buts, pour une fois. Je m'inscris comme joueur de défense ou d'attaque, là où il y aura de la place.

— Parfait! Nous sommes sept, si je sais compter, dit Zack. Il nous manque encore deux joueurs. Les frères Stanson, venez-vous?

— C'est officiel, je suis votre homme, déclare Félix-Olivier. Ce qui nous amène à huit. Encore un joueur et l'équipe est complète. Roman, Lévi?

Les jumeaux hochent la tête en signe de refus. Ils ne sont pas intéressés. Ils seront de la partie, mais à titre de partisans. Il reste un poste à pourvoir.

— Je me porte volontaire, déclare Luka.

— C'est complet, grand-papa. Tu as ta première équipe officiellement inscrite, déclare Zack.

— Et moi? lance Zoé, dont la voix s'élève à travers le brouhaha des grands. J'aurais bien voulu jouer aussi.

— Petite sœur, je te réserve une occupation bien spéciale.

— Ah oui! Laquelle, Zacko?

— Tu vas être la porteuse d'eau.

— La quoi ?

— La porteuse d'eau. Dans une équipe, c'est l'un des postes les plus importants, surtout avec cette chaleur. Grâce à toi, nous ne mourrons pas de soif.

— C'est moi la porteuse d'eau ! claironne Zoé. C'est moi la porteuse d'eau ! Je pourrai porter du jus aussi ?

— Alors c'est réglé, reprend le grand-père. L'annonce sera faite dès demain dans les médias. Nous verrons combien d'équipes s'inscriront. La fête peut continuer ! Je n'ai pas d'autres déclarations à faire.

— Peut-être, mais moi, j'ai une question, dit Nathan. Ton tournoi, grand-papa, est-ce seulement pour les jeunes ? Y aura-t-il des équipes adultes ?

— Pas d'équipes adultes de prévues. Pourquoi ?

— Ce serait plutôt drôle de vous voir jouer, vous les vieux, note le défenseur.

— Nath a raison ! enchaîne Zack. Une section adulte qu'on pourrait nommer « la ligue du vieux poêle »...

— Ou des « experts » ! propose Laurier, d'un ton ironique. Vous répétez toujours que *l'expérience* se gagne avec l'âge. À vous entendre, vous étiez tellement bons quand vous étiez jeunes ! Le moment est venu de faire vos preuves.

Les parents s'interrogent du regard. Le silence se fait sur le patio. Éric, le père de Nathan, est le premier à le rompre.

— Je pense que nous venons de nous faire jouer un tour, chers amis. Je suis partant pour une équipe d'adultes. Des intéressés ?

Sans perdre un instant, sept autres parents acceptent le défi, soit Marc, J.-F., Luc, Alain, Ève, Andréa et Sandra, respectivement parents de Zack, Naomi, William, Laurier, Joey, Naomi et Nathan.

Ils sont maintenant huit. Il n'en manque qu'un. Tous les yeux — des adultes et des jeunes — se tournent alors vers Jean-Roch Laflamme.

— Non, merci ! réplique aussitôt celui-ci. J'ai passé l'âge de jouer au gardien de but, et j'ai les jambes trop usées pour me mettre à courir derrière une balle orange. Par contre, je gagne en sagesse, alors je ferais certainement un bon entraîneur.

À ces mots, le grand-père se retourne vers Mario, l'entraîneur des Requins. Sans même lui laisser le temps d'intervenir, il ajoute :

— Mario ? Tu pourrais jouer, pour une fois...

— Très bien, dit ce dernier. Je serai gardien de but !

— Génial ! s'écrient en chœur les Requins.

Affaire conclue. Les Requins et leurs parents seront donc de la partie pour ce tournoi de hockey-balle, le premier de l'histoire de Rocketville. Mais savent-ils dans quelle aventure ils viennent de se jeter ?

CHAPITRE 3

Souper et soirée autour du feu

Les Requins, qui s'étaient rafraîchis dans la piscine, folâtrent encore un peu dans l'eau avant d'être appelés pour le repas. Au menu : hamburgers et hot-dogs sur le barbecue. Une fois tous attablés, Ève réclame l'attention de ses convives.

— Hum ! Hum ! J'ai une autre annonce à faire.

— Maman, je veux juste que tu saches ceci : peu importe ce que tu as à nous dire, ce sera difficile d'égaler le discours de monsieur Laflamme.

— Merci, Joey, tu m'encourages énormément. En fait, c'est plus une surprise que nous vous réservons, nous les « vieux », comme vous dites. Tout de suite après le souper, vous devrez nous donner un coup de main.

— Quoi? s'exclame Joey. Vous voulez nous faire mourir à la tâche par une telle chaleur! Désolé, mais je ne suis pas d'accord.

— Du calme, dit Ève. Il n'est pas question d'esclavagisme ou de corvées. Nous avons besoin de vous pour monter les tentes.

— Pourquoi? interroge encore Joey. Nous attendons de la visite?

— Oui, nous attendons...

Ève se met à compter silencieusement, puis reprend.

— Une bonne dizaine de personnes, car tes amis sont tous invités à dormir à la maison, ce soir! Vos parents ont apporté des tentes, alors nous allons construire un petit village. Cela vous tente?

— Certainement que cela nous tente de planter des tentes, « matante »! laisse tomber la Rocketfille en s'esclaffant.

Tout le monde pouffe de rire. Laurier s'écrie, d'un air déçu :

— Hé! D'habitude, c'est mon genre de réplique!

— Eh bien, que cela te tente ou pas, c'est le temps de manger. Ta tente va t'attendre! ajoute Ève.

Fou rire général. On se gave de galettes de viande et de saucisses. Puis on décide de dresser les tentes immédiatement. Le dessert sera servi plus tard. On érige le village en moins de deux. Il ne reste qu'à lancer les sacs de couchage et les oreillers à l'intérieur des abris et à déterminer qui dormira avec qui. Naomi et Maude n'ont pas à argumenter, car elles ont leur tente pour elles toutes seules.

Une fois les partenaires de tente choisis, c'est enfin l'heure du dessert. Commence alors une discussion animée sur le choix des noms d'équipe. Un pour l'équipe des jeunes et un pour celle des parents. Plusieurs noms sont proposés pour les jeunes. Un en particulier retient l'attention des Requins. Et il vient de nul autre que de Laurier.

— Pourquoi ne pas s'appeler « Les Boules qui roulent » ? N'y a-t-il pas un dicton qui dit que boule qui roule n'amasse pas foule ?

On s'interroge à savoir s'il s'agit d'une blague ou si l'ailier a vraiment confondu le proverbe « pierre qui roule n'amasse pas mousse ».

— J'approuve, déclare Félix-Olivier. Les Boules qui roulent... BQR. Fiez-vous à moi, la boule va rouler pour nous, parole de BQR !

— Wow ! Tu parles comme un capitaine. Vous ne trouvez pas que Félix-Olivier ferait un bon capitaine pour les BQR ?

Tout le monde acquiesce.

— Te voilà proclamé capitaine des BQR ! Félicitations, capitaine ! Je te cède mon titre pour l'été, annonce Zack.

Et la conversation animée reprend de plus belle, jusqu'à ce que chacun engloutisse un énorme cornet de crème glacée pour se rafraîchir.

Au tour de l'équipe des parents, maintenant, à se dénicher un nom. C'est réglé en peu de temps. Tous s'entendent pour les « Experts ». Éric est nommé capitaine à l'unanimité.

Le reste de la soirée se déroule autour du feu, à déguster des guimauves ou des saucisses grillées sur la braise. Et à parler hockey, bien entendu. Jean-Roch a déjà de bonnes idées sur la façon d'entraîner ses deux équipes. D'ailleurs, il annonce que l'entraînement commencera dès lundi soir. Les membres ont un peu moins d'un mois pour s'exercer avant le début du tournoi.

Jean-Roch clôt cette belle soirée en racontant des histoires sur sa jeunesse et sur la façon dont on vivait, autrefois, à Rocketville. La nuit est magnifique. Les invités repoussent l'heure du coucher. Le ciel est rempli d'étoiles. On dirait un édredon scintillant dans lequel tous aimeraient s'envelopper.

CHAPITRE 4

À l'entraînement

Comme convenu, les BQR et les Experts se donnent rendez-vous dans la cour d'école, le lendemain soir, pour la première séance d'entraînement. Chacun apporte une paire d'espadrilles, des protège-genoux, des protège-coudes, une coquille protectrice – affectueusement rebaptisée « Zack-strap » –, un bâton et un casque.

Comme toujours à Rocketville, ce qui entoure le hockey devient un événement majeur pour la population. Parents et amis, en tant que fidèles et ardents partisans, viennent assister à cette première séance.

À dix-neuf heures, les spectateurs déplient leur chaise et prennent place aux abords de la « patinoire », dont les limites ont été tracées à la craie sur le sol.

Les joueurs, eux, attachent soigneusement leurs équipements de protection, empoignent leur bâton et se présentent au milieu de la surface de jeu où les attend leur entraîneur. Seul Laurier, toujours occupé à faire des blagues, oublie d'attacher son casque protecteur. Dans la cohue provoquée par ce premier entraînement, personne ne remarque la négligence de l'ailier.

Il est maintenant l'heure de passer aux choses sérieuses. Jean-Roch réclame l'attention de ses joueurs. Il se racle la gorge et commence son premier discours à titre d'entraîneur.

— Ayant quelques semaines devant nous pour nous entraîner, j'ai pensé qu'aujourd'hui nous pourrions simplement jouer pour le plaisir. Cela vous permettrait à vous, les jeunes, de vous amuser...

— Et aux Experts de se dérouiller un peu ! déclare Laurier.

— Je ne l'aurais pas dit de cette façon, mais oui, rétorque Jean-Roch, les Experts vont se mettre à l'ouvrage. Nous verrons, demain, quels muscles seront endoloris, et nous ajusterons l'entraînement en conséquence. Qu'est-ce que vous en dites ?

— J'approuve, répond Andréa. J'ai passé plus de temps sur les bancs d'aréna que sur la glace.

— J'appuie ! ajoute Ève. J'ai les cordes vocales entraînées, mais mes feintes laisseront à désirer.

— Parlez pour vous, les filles ! intervient Éric. Je suis policier. Je suis entraîné.

— Tu devrais dire « était », papa. Tu travailles derrière un bureau et je crois bien que ta grande forme roupille au fond d'un de tes tiroirs !

— Formidable ! monsieur Laflamme, s'exclame William. Alors nous jouons les jeunes contre les vieux ?

— Je dirais plus les jeunes contre les parents, corrige Marc, le père de Zack. Je suis tout, sauf vieux.

Se montrant sourd à cette remarque, William poursuit :

— C'est ce que je disais, les jeunes contre les vieux.

— Et avons-nous droit aux contacts ? interroge Nathan. Comme nous allons jouer bantam, cela nous donnerait une occasion de nous exercer.

— Du plaquage ! intervient Sandra, sa mère. Hors de question !

— Tu sais, maman, sur la glace, tu n'es pas ma mère. Tu es mon adversaire, lance le défenseur en souriant.

— Dans ta tête, peut-être, mais pas dans la mienne. Interdiction de me plaquer.

— Mon amour, c'est du hockey, intervient Éric. Voici ce que je propose. Nous pourrions jouer une trentaine de minutes sans contact, le temps de se dérouiller. Ensuite, ceux qui le désirent pourront se reposer et les autres rester pour disputer un match plus en rudesse. Est-ce que cela vous convient ?

— Oui ! s'exclament en chœur les BQR.

— Ton idée semble bien reçue de la part des adolescents, intervient Jean-Roch. Les Experts, qu'en pensez-vous ?

— La formule me plaît, répond Sandra. Par simple curiosité, monsieur Laflamme, lors du tournoi, est-ce que les plaquages seront permis?

— Non, ce sera du jeu sans rudesse.

— Heureusement, parce que vous perdiez une joueuse sur-le-champ.

— Pas juste une, mais plutôt deux, ajoute Andréa.

— Et même trois! renchérit Ève. Déjà que Joey me dépasse de quelques centimètres, j'ai peur à mes os s'il devait me plaquer.

— Nous jouerons donc la première partie pour le plaisir. Ensuite, mesdames, vous pourrez disposer de votre temps comme bon vous semble, dit encore Éric.

— Vous êtes peureuses! s'écrie Naomi.

— Juste une question, grand-papa, intervient à nouveau Nathan. Est-ce que cela veut dire que pour la deuxième partie de l'entraînement, nous, les BQR, allons avoir le droit de plaquer nos parents et les autres?

— Comme tu l'as si bien dit tout à l'heure, mon homme, sur la surface de jeu, pas de liens de parenté, que des adversaires !

— Trop *cool*! s'exclament les jeunes joueurs.

— Alors, on la joue, cette première partie? s'impatiente Laurier. C'est que j'ai hâte de passer aux choses sérieuses, fait-il en se frottant les mains. J'ai du Bouchard à me mettre sous la dent.

Les adultes esquissent un large sourire, et les adolescents éclatent d'un rire sadique. Chacun sait qu'il n'y aura aucune animosité dans le match amical qu'ils s'apprêtent à disputer. Mais quand même, avoir le droit de plaquer son père, c'est une occasion qui ne se présente pas tous les jours.

Les premières minutes de jeu s'écoulent à la vitesse de l'éclair pour certains et durent une éternité pour d'autres qui ruissellent rapidement de sueur. Cette fois, ce sont les parents qui ont les joues hâlées, non pas d'avoir passé du temps dans la piscine, mais parce qu'ils sont essoufflés. Des estrades s'élèvent les phrases entendues depuis leur enfance : « Dessus ! », « Deux mains sur le bâton ! », « Devant le but ! » et d'autres sempiternels conseils.

Sur le bas-côté, Jean-Roch Laflamme sourit de voir les parents courir à en perdre haleine, et les jeunes s'amuser prodigieusement. *Ce tournoi est décidément une bonne idée. Ils auraient dû y songer bien avant,* pense-t-il.

Trente minutes plus tard, il siffle la fin du premier mini-match. Bien qu'ils aient fait preuve de volonté et de stratégie, la vitesse... et la forme leur font cruellement défaut. Il décide de taire le score final pour éviter de jeter la honte sur les « Experts » – nom on ne peut plus ironique en cet instant précis. *Ils ont beaucoup de chemin à parcourir avant d'arriver à la cheville de leurs enfants,* se dit Jean-Roch.

Tout le monde reprend son souffle en se désaltérant. Chacun avale une rasade d'eau bien froide avant de reprendre le jeu. Les joueuses, comme prévu, ne sont pas du second match. On propose de reformer les équipes afin d'équilibrer le nombre de joueurs. Cette initiative, Félix-Olivier la rejette du revers de la main. Il explique pourquoi.

— Personne ne va passer chez l'adversaire. Nous sommes une formation jeune et unie. Si vous avez peur, retournez dans vos tranchées... ou dans les jupes de vos mères. Sinon, affrontez-nous !

— Bien dit, capitaine ! s'exclame Zack.

Commence alors le deuxième match, et tous s'en donnent à cœur joie. Bien sûr, les adultes dosent les mises en échec qu'ils distribuent et encaissent non sans broncher celles qu'ils reçoivent. Nul besoin de dire que les attaques sont plus virulentes du côté des BQR, ceux-ci maltraitant avec délices leurs parents, dans la limite de la légalité, bien entendu. Après tout, ils représentent l'autorité, sans compter qu'ils ont le chef de la police de leur côté !

Au fil des minutes qui s'écoulent, force est de constater que l'équipe des parents devra redoubler d'ardeur pour faire honneur à son nom : les « Experts ». Ceux-ci semblent manquer cruellement « d'expérience », mais pas « d'expertise ».

Une autre mise au jeu a lieu au centre de la patinoire, opposant, cette fois-ci, le père et le fils, Laurier et Alain. Le fils s'empare de la balle et court en direction du filet adverse, suivi de près par son père. Laurier rit à gorge déployée d'avoir son paternel sur les talons, ce qui entrave sa course. Ses yeux s'embuent. Alors qu'il se retourne pour voir s'il est toujours poursuivi, ses pieds s'emmêlent. Laurier trébuche et, dans sa chute, son casque, qu'il avait négligé d'attacher, s'envole plus loin. Sa tête frappe durement l'asphalte, et Laurier reste étalé de tout son long, inconscient.

Le jeu s'arrête aussitôt et tous accourent auprès de lui. Alain, son père, s'agenouille par terre. Anne-Marie, sa mère, se précipite elle aussi, la respiration saccadée par la panique.

— Alain, est-ce qu'il va bien ?

— Je ne sais pas, chérie, il a perdu connaissance.

Tous retiennent leur souffle, sans dire un mot, de peur d'aggraver la situation. On s'apprête à appeler l'ambulance quand, au bout de plusieurs secondes, Laurier ouvre les yeux. Quelque peu étourdi, il se relève lentement. Anne-Marie lui recommande d'y aller doucement, mais son fils répond :

— Je vais bien. Ce n'était qu'un petit coup de rien du tout. Je ferais mieux d'attacher mon casque la prochaine fois... Merci, madame.

— Madame ? s'exclament à l'unisson Anne-Marie et Alain.

— Vois-tu tes parents, mon homme ? intervient Jean-Roch en montrant l'attroupement autour de lui.

— Oui, ils sont là, grand-papa, dit l'adolescent en désignant Hélène et Marc Laflamme. Tu ne les reconnais pas ?

CHAPITRE 5

En route
vers l'hôpital

C'est la consternation totale. Personne ne saisit ce qui se passe. Tous se sont massés autour de Laurier, qui semble ne plus être lui-même. Nul n'ose prononcer un mot. Anne-Marie et Alain sont sous le choc, ne comprenant pas ce qui arrive à leur fils ni pourquoi il ne les reconnaît plus.

Jean-Roch Laflamme recommande vivement qu'on transporte Laurier à l'hôpital. De son côté, Alain retrouve ses moyens et s'apprête à aider son fils à se relever quand il est retenu par l'épaule.

— Laisse-moi faire, Alain. Je vais y aller avec lui.

— Mais pourquoi, c'est mon...

Des murmures s'élèvent de l'attroupement.

— Chut ! le coupe Jean-Roch d'un ton sévère. Silence ! poursuit-il en s'adressant aux autres. Hélène, tu veux emmener le petit boire de l'eau fraîche à la fontaine ? Cela lui fera certainement du bien.

— Merci, grand-papa, mais ce n'est pas nécessaire, affirme Laurier.

— Tu sais qu'il faut toujours boire après avoir fait du sport. Et nous allons te donner un comprimé pour le mal de tête. Après un gros coup comme ça...

— D'accord, dit-il.

Toute l'assistance demeure bouche bée, confuse. L'attitude de Laurier était déjà bizarre, mais celle de monsieur Laflamme paraît encore plus curieuse. Dès que son fils se trouve à bonne distance du groupe, Alain s'en mêle.

— Mais qu'est-ce que vous faites, monsieur Laflamme ? Allez-vous m'expliquer cette histoire ? Pourquoi ne nous reconnaît-il pas, Anne-Marie et moi ?

— Je l'ignore. Tout ce que je sais, c'est que Laurier me prend pour son grand-père. Alors, je crois qu'il serait préférable que je l'emmène moi-même à l'hôpital, seul. De cette manière, il ne se sentira pas troublé.

— Je ne suis pas certaine de bien vous comprendre, demande à son tour Anne-Marie. Pourquoi est-ce que nous, ses parents, nous n'aurions pas le droit de l'accompagner ? Cela n'a aucun sens !

— Si, cela en a peut-être un, ma chérie, reprend Alain. Je saisis assez bien ce que dit monsieur Laflamme, et j'ai également une idée.

Pivotant sur lui-même, Alain poursuit.

— D'accord, vous emmenez Laurier, mais nous allons vous suivre, Anne-Marie et moi, dans notre voiture. J'aimerais que Marc, Hélène et Zack se joignent à nous. Pour ce qui est de Zoé...

— Je m'en occupe, répond immédiatement Sandra. Soyez sans inquiétude. Elle restera avec nous, si Hélène et Marc sont d'accord.

— C'est parfait, ajoute Marc, qui se demande quel plan mijote le père de Laurier.

— C'est réglé, déclare Jean-Roch. Je me rends à l'hôpital avec Laurier. Vous m'y retrouverez, Alain et Anne-Marie. Surtout, évitez de vous nommer devant lui et ne l'appelez pas par son prénom. Laissez-le d'abord aller vers vous. Nous verrons.

Jean-Roch tourne les talons et va rejoindre Laurier, sans se soucier des airs hébétés imprimés sur tous les visages. Cette journée, qui devait se dérouler sans histoire, prend une tournure tout à fait inattendue.

Le trajet en voiture se fait comme si de rien n'était. Jean-Roch, accompagné de Laurier, discute allègrement avec son supposé petit-fils. Ils arrivent à l'hôpital rapidement. Laurier ne comprend pas pourquoi son grand-père l'amène à l'urgence pour un si petit incident.

Une fois sur place, Jean-Roch emmène le blessé dans la salle d'attente. Il lui désigne un siège, puis se dirige au triage. Il devrait normalement prendre un numéro, mais il veut d'abord expliquer au médecin interne la raison de leur présence en ces lieux, de manière à éviter... Quoi, au juste ? Il ne le sait pas vraiment. Une dégradation de l'état du blessé, très certainement.

L'interne comprend de quoi il s'agit et demande au grand-père de l'attendre quelques instants. En peu de temps, il revient avec le médecin traitant.

— Bonjour, monsieur. On vient de m'informer de la raison de votre venue. Ma première question — et la plus importante — est la suivante : est-ce que Laurier sait qui il est ?

— Eh bien, je n'en suis pas certain, répond Jean-Roch, le regard rieur, malgré les circonstances.

— C'est-à-dire ?

— Quand il s'est réveillé, sa mère était auprès de lui et il l'a appelée madame.

— Je vois. Conduisez-le immédiatement en salle cinq. S'il vous demande quoi que ce soit, restez le plus évasif possible.

— Ses parents vont bientôt arriver, ajoute Jean-Roch. Mon fils, sa femme et leur fils Zack vont venir. Je ne sais pas comment dire...

— Je comprends, monsieur Laflamme.

— Les voilà, justement !

— D'accord, attendez-moi en salle cinq avec Laurier. Je me charge de la famille.

Le médecin traitant se dirige vers les parents de Laurier.

— Bonjour, je suis le docteur Simard. Vous êtes la famille de Laurier ?

— Je suis sa mère, répond Anne-Marie, qui voit son fils passer au bras de monsieur Laflamme.

Elle s'apprête à le rejoindre lorsque le médecin interrompt son élan.

— Madame, je vais vous demander de m'écouter. Je n'ai pas encore examiné votre fils, mais d'après ce que m'a dit monsieur Laflamme, il est préférable d'éviter tout contact avec lui, tant que la situation ne se sera pas éclaircie.

— Très bien, fait Anne-Marie à contre-cœur.

48

— Je vais donc procéder à l'examen. Monsieur Laflamme, qu'il considère comme son grand-père, fera office de parent, si vous êtes d'accord, bien entendu.

— Si vous croyez que cela vaut mieux, répond Alain.

— Je vous reviens dans quelques instants.

Le médecin s'éloigne, l'air pensif, mais le pas décidé. Restées dans la salle d'attente, les familles Bouchard et Laflamme sont anxieuses. Zack, pour sa part, se dit que son ami semble pourtant en forme physiquement. Il n'a même pas l'air d'avoir mal à la tête. Le choc lui aurait-il brouillé à la fois l'esprit et les sens ? Bizarre...

CHAPITRE 6

Quel diagnostic !

L'examen physique de Laurier se déroule rondement. Aucune ecchymose à la tête, comme si rien ne s'était jamais produit. Le patient semble être en pleine forme, pourtant son cerveau réagit de façon inhabituelle.

Le docteur Simard s'adresse à Laurier, en évitant de prononcer son nom. Il utilise plutôt des expressions vagues, comme « jeune homme », « mon grand », « mon homme »... Il lui demande de lui raconter son accident, ce dont il se souvient.

Laurier redit exactement le discours qu'il a tenu à son réveil. Il s'est frappé la tête en chutant, et son casque, qui n'était pas attaché, a été projeté au loin. Lorsqu'il est revenu à lui, la mère de son ami était penchée sur lui. Tous l'entouraient et avaient l'air très inquiets.

Le docteur Simard demande alors à son jeune patient :

— Est-ce que tu sais comment tu t'appelles, mon grand ?

— Évidemment que je le sais ! Zack, Zack Laflamme, laisse tomber Laurier.

Jean-Roch sursaute d'étonnement.

— Quel âge as-tu ?

— Douze ans.

— Bien, Zack. Tu vas rester sagement ici en nous attendant, ton grand-père et moi. Je dois lui faire signer quelques papiers et nous revenons tout de suite après. D'accord ?

— Pas de problème.

Jean-Roch et le médecin quittent la salle cinq. Anne-Marie et Alain, qui épient la porte depuis que le docteur Simard en a franchi le seuil, se lèvent d'un bond en le voyant. Le médecin ouvre une seconde porte et pénètre dans une petite pièce. Marc, Hélène et Zack sont priés de venir le retrouver, car ils sont également concernés.

— Votre fils souffre d'une légère commotion cérébrale. Le seul problème est qu'il n'est plus lui-même...

— Que voulez-vous dire?

Le docteur Simard poursuit en jetant un regard au capitaine des Requins de Rocketville.

— Laurier est convaincu d'être un autre garçon. Un certain Zack Laflamme.

— Quoi? lance Zack. Laurier pense être moi? Mais comment...

— Pouvez-vous lui rendre sa mémoire? interroge Anne-Marie, qui peine à rester calme.

— Je l'ignore, madame. Les effets de la commotion cérébrale sont très variés, autant en types qu'en durée, et parfois imprévisibles.

— Ce qui veut dire? insiste la mère, en se mordant les lèvres.

— Qu'il est impossible de savoir combien de temps cet embrouillement au niveau de la personnalité durera.

— Mais c'est horrible! s'écrie-t-elle, incapable de retenir davantage sa stupéfaction.

— Calmez-vous, reprend doucement le médecin. La situation n'est pas aussi dramatique qu'elle le paraît. Laurier est toujours là, à l'intérieur, et c'est à lui de trouver son chemin. D'après ses souvenirs, le coup causé par la chute n'était pas trop violent et, lors de l'examen, je n'ai vu aucune égratignure. À mon avis, cette... crise d'identité sera passagère. Mais, pendant quelque temps, il va falloir vivre avec cette réalité.

— Je n'en crois pas mes oreilles! s'exclame Alain. J'en ai entendu, des histoires loufoques dans ma vie, mais celle-là, j'avoue qu'elle me dépasse.

— Je voudrais poser une question, s'il vous plaît, souffle Zack, timidement.

— Oui? dit le docteur Simard.

— Eh bien, si Laurier se prend pour moi, qu'est-ce que je deviens... moi? Je veux dire, est-ce que je dois jouer à être lui?

— Et moi, je deviens son père ? reprend Marc.

— Et moi, sa mère ? ajoute Hélène.

— Suffit ! s'exclame Alain, excédé par cette comédie absurde.

— Ta question a beaucoup de sens, Zack. Je vais garder Laurier en observation cette nuit. Cela vous donnera le temps de vous préparer à jouer le jeu.

— Jouer le jeu ?

— Je pense qu'il s'agit de la meilleure solution. Zack, tu vas vraiment devenir Laurier. Ce qui signifie que tu devras vivre dans sa maison, parce que ton ami ira habiter chez toi. Madame, monsieur, dit encore le médecin à l'intention d'Hélène et de Marc, vous serez contraints d'assumer le rôle des parents. Et la pire tâche vous revient, conclut-il en se tournant vers Anne-Marie et Alain : vous devrez traiter Laurier comme un étranger. Mais si vous jouez tous bien votre rôle, tout devrait se dérouler à merveille et vous devriez retrouver Laurier avec toutes ses facultés. D'ici quelques jours tout au plus, et plus rapidement, j'espère, affirme-t-il en jetant un nouveau regard vers « Laurier ».

— Je ne sais pas si nous serons à la hauteur, mais reste à voir comment Laurier interprètera mon rôle, fait Zack en soupirant.

CHAPITRE 7

La mise en scène

Anne-Marie, Alain, Marc, Hélène, Jean-Roch et Zack reprennent la route. Hélène a téléphoné à Sandra, chez qui ils ont laissé Zoé, pour lui demander si elle pouvait garder sa fille pour une partie de la soirée. Elle lui a brièvement fait part du diagnostic du médecin et lui a expliqué la situation. Sandra a accepté avec plaisir. Dans les voitures, tous demeurent silencieux et réfléchissent, chacun de leur côté, à la meilleure façon d'affronter le problème.

Les familles Laflamme et Bouchard se retrouvent, une demi-heure plus tard, chez Zack. Quand ils sont réunis dans le salon, le grand-père brise le silence qui s'est installé depuis qu'ils ont quitté l'hôpital.

— Il semble que les jours à venir vont prendre une tournure hors de l'ordinaire, commence Jean-Roch Laflamme en souriant. Nous devrons faire preuve d'adresse dans nos improvisations quotidiennes.

— Sans vouloir vous offusquer, je ne sais pas ce qui vous fait sourire, l'interrompt Anne-Marie. Laurier est malade. Son esprit lui fait défaut et...

— Ce n'est pas ce que le docteur a dit, Anne-Marie, intervient Alain. Selon lui, Laurier n'est pas malade. C'est juste que...

— Que son esprit a pris un chemin improbable, reprend Jean-Roch. Et il n'est pas très loin, car il pense être Zack. Il nous reconnaît tous. Rien n'est donc perdu !

— Anne-Marie a tout de même raison, cette situation demeure difficile, papa, dit à son tour Marc. Nous pouvons bien jouer le jeu autant que nous le voulons, il n'en reste pas moins que Laurier ne sera pas Laurier.

— Je t'accorde ce point, reprend Jean-Roch. Mais si refusons de nous prêter au jeu, nous risquons de l'embrouiller davantage. Faisons-le pour lui. Qui sait, nous le retrouverons peut-être plus vite que nous l'imaginons.

— Vous semblez tellement optimiste, remarque à son tour Anne-Marie en retenant difficilement ses larmes. Je n'arrive pas à...

Alain, voyant la détresse de sa femme, l'entoure de ses bras pour la réconforter. Grâce à cette étreinte, elle se calme un peu.

— Je sais que c'est difficile, poursuit Jean-Roch, en posant sur le couple Bouchard un regard rempli de tendresse. Mais il faut être fort et assumer votre rôle avec le plus d'ardeur possible. Vous devrez vous accrocher un sourire sur les lèvres et foncer.

— Et vous pensez que cette... mise en scène va fonctionner? demande Alain. Vous y croyez sincèrement?

— Je l'ai dit souvent, au fil des années, j'ai vu des choses si peu probables se produire ici à Rocketville que je garde l'esprit ouvert.

— Moi je suis d'accord avec grand-papa, enchaîne Zack. Nous n'avons qu'à nous rappeler ma blessure récente ou encore l'équi...

Zack se tait subitement. En voulant illustrer son propos, il a presque oublié qu'il ne doit pas parler de son équipement particulier.

— L'équi... quoi? interroge Hélène, sa mère.

— L'équipe de hockey du Canada lors de la Série du siècle, balbutie Zack. Plus personne n'y croyait et ils ont réussi, ils ont gagné. C'était improbable.

Le sourire de Jean-Roch se transforme en rire sonore, car il admire la rapidité d'esprit de son petit-fils, qui vient de le tirer d'un faux pas. Marc, à son tour, se dilate la rate.

— C'est cela, mon grand, reprend Hélène. Cette fois encore, tu t'en sors bien, mais nous devrons approfondir certaines choses, un de ces jours.

— Avec moi, maman?

— Avec toi, et ton père, et ton grand-père, et ton oncle, et ton cousin! Ce mystère qui plane sur vous tous m'intrigue beaucoup... Mais revenons à nos moutons, poursuit Hélène. Je ne vois pas de problème à jouer cette comédie, mais je ne sais pas ce que nous allons pouvoir faire de

Zoé. Il sera difficile pour elle de ne pas vendre la mèche.

— Et si je la prenais à la maison, avec moi? propose Jean-Roch. Elle me tiendrait compagnie.

— C'est parfait, papa, répond Marc. Si Hélène est d'accord, bien entendu.

— Si cela peut aider Laurier, je veux bien me séparer de ma poulette.

— Marché conclu! affirme Jean-Roch, d'un ton joyeux.

— Je monte préparer la valise de Zoé pendant que vous réglez les derniers détails, lance Hélène. Vous me ferez un compte-rendu.

— Je viens avec toi, déclare Jean-Roch. J'ai des questions à te poser. Je ne suis plus habitué à vivre avec une présence féminine dans ma maison.

Ils se dirigent vers l'escalier et disparaissent au premier étage. Quant à Anne-Marie, Alain, Marc et Zack, ils restent au salon afin de peaufiner quelques éléments de la mascarade à laquelle ils se prêteront bientôt. Un des détails les plus importants fait d'emblée l'unanimité : la bande d'amis doit être informée et doit accepter de jouer le jeu. En fait, toutes les personnes qui côtoient Laurier au quotidien devront unir leurs efforts et entrer en scène. Marc et Zack, qui profiteront de leur dernière soirée sous le même toit en tant que père et fils, seront chargés de les prévenir, car nul ne sait combien de temps durera cette situation.

Le sujet étant clos, chacun se perd dans ses pensées. Un silence de plomb règne au salon. Anne-Marie et Alain sont effondrés, mais tentent de retrouver leur force intérieure. Le retour de leur fils en dépend. Zack, pour sa part, est convaincu que les jours à venir seront teintés de folie et d'improbabilités de toutes sortes. Il savoure ses dernières heures en tant que Zack, car demain, il entrera dans la peau de Laurier.

Vraisemblablement, ils passeront quelques jours de leur été à être des acteurs plutôt que des hockeyeurs... Dire que Laurier ne pourra pas savourer le moment...

CHAPITRE 8

Le rideau se lève !

Hélène et Marc se rendent à l'hôpital à huit heures précises, avec une anxiété palpable, car ils n'ont aucune idée de ce qui les attend. En quittant la maison, ils ont déposé Zack chez Anne-Marie et Alain, pour que ce dernier s'habitue à son nouveau personnage. À partir d'aujourd'hui, il est Laurier Bouchard !

Le couple se présente, comme demandé, au bureau des infirmières. L'infirmière en chef appelle le médecin, qui arrive sans tarder. Après les salutations d'usage, il s'informe auprès du couple s'ils ont établi un scénario pour aider Laurier à retrouver son identité. Hélène et Marc confirment que tout l'entourage de leur fils accepte de considérer Laurier comme s'il était Zack.

Le docteur Simard les rassure ensuite quant à son bilan de santé. Tout est stable depuis hier. Laurier croit toujours dur comme fer qu'il est Zack. Puis il ajoute :

— C'est l'heure, maintenant, d'entrer en scène. Et n'oubliez pas, c'est « Zack » et non « Laurier »...

— Oui, je sais, dit Hélène, la voix tremblotante.

— Il ne me reste qu'à vous dire le mot de Cambronne. Prêts ?

— Oui, nous sommes prêts ! répond Marc, d'un ton plus décidé que sa femme.

— Suivez-moi ! fait le docteur en ouvrant la porte de la chambre de son jeune patient.

Laurier, qui est en train de lacer ses souliers, lève la tête au moment où il entend la porte rouler sur ses gonds. Son visage s'illumine quand il voit « ses parents » trotter derrière le médecin. Il bondit de son lit et se dirige dans leur direction.

Pendant ce temps, à l'autre bout de Rocketville, Zack converse longuement avec ses « nouveaux parents » de la situation farfelue dans laquelle ils sont plongés actuellement. Tous trois attendent impatiemment l'appel qui leur confirmera la cueillette du colis... c'est-à-dire Laurier.

Le téléphone se met alors à sonner. Anne-Marie se rue sur le combiné. Elle raccroche après avoir discuté pendant une minute. Se retournant vers eux, elle laisse tomber :

— Ils ont notre fils avec eux et, devinez quoi, il désire jouer avec son ami Laurier, ainsi qu'avec Nathan. Ils nous invitent donc à dîner. Je n'ai jamais été aussi anxieuse de voir mon fils qu'en ce moment.

— Tout ira bien, chérie, déclare Alain en tentant de la rassurer.

Sur ces paroles, Zack se lève, s'approche de sa mère d'emprunt et dépose un doux baiser sur sa joue.

— Ça va bien aller... maman !

Tous les trois sourient. Non pas que la supercherie soit drôle. C'est plutôt un moyen d'évacuer le stress avant la grande première... devant public. Lever de rideau !

ACTE 1

Laurier devient Zack

SCÈNE 1

LAURIER dans le rôle de ZACK

ZACK dans le rôle de LAURIER

NATHAN dans le rôle de NATHAN

(La scène se joue dans la chambre de Zack. Laurier, qui croit être Zack, est de retour à la maison. Il fouille dans ses tiroirs et trouve son journal intime caché au fond de l'un d'eux. Il est en train de lire lorsque ses deux amis le rejoignent.)

LAURIER : Salut, les amis. Content que vous soyez venus me voir.

ZACK : Salut, Zack ! Comment était-ce à l'hôpital ?

LAURIER : Ne m'en parle pas. Je ne sais pas pourquoi grand-papa m'y a transporté. C'était juste un petit coup de rien du tout. Pas de quoi en faire un drame! Ce n'est pas comme si je ne me rappelais pas qui j'étais en me réveillant. Vous voyez le genre.

ZACK : Oui, je vois le genre...

NATHAN : C'est vrai que ça pourrait être drôle si tu pensais que tu étais quelqu'un d'autre, n'est-ce pas, Zack?

LAURIER : Ce serait amusant, oui! Heureusement, pas de problème, je suis toujours ce bon vieux Zack, capitaine des Requins de Rocketville.

ZACK : Qu'est-ce que tu tiens dans tes mains, Zack?

LAURIER : Oh, ça? Eh bien... On dirait que c'est mon journal intime. J'ai trouvé ça comique de tomber dessus avant que vous arriviez.

ZACK : Ah oui! Et peut-on savoir pourquoi?

LAURIER : C'est comme si je ne me souvenais pas que j'en écrivais un.

NATHAN *(regardant du coin de l'œil le vrai Zack en souriant)* : Eh bien, ça alors ! Moi non plus, je ne savais pas que tu tenais un journal, cousin. Écris-tu depuis longtemps ?

ZACK : C'est personnel comme sujet, Nathan. Tu ne devrais pas poser ce genre de question à Zack.

LAURIER : Ce n'est pas grave, Laurier, ça ne me dérange pas.

(Nathan se frotte les mains, curieux de savoir ce qui se trouve dans le journal intime de Zack.)

LAURIER : La première page date d'il y a trois mois et, d'après ce que je vois, j'ai écrit tous les jours, sauf hier. Pas d'entrée.

ZACK : Normal, tu étais à l'hôpital, Zack. Il n'y a rien de bizarre là-dedans.

NATHAN : Et peut-on savoir ce que tu écris dans ton journal, capitaine ? À qui penses-tu ? C'est bien mystérieux tout cela.

LAURIER : Si je me fie à ce que j'écris depuis quelques semaines, ce n'est pas à toi que je pense dans mes temps libres, en tout cas...

ZACK : Moi, je ne tiens pas vraiment à savoir ce que tu écris là-dedans. Ne te sens surtout pas obligé, Zack. Ce doit être vraiment personnel... il me semble, en tout cas.

LAURIER : D'après les entrées des dernières semaines, oui, c'est assez personnel.

(Laurier se penche sur son cahier et lit une page en silence. Il se gratte la tête en réfléchissant.)

NATHAN : Un problème, Zack ?

LAURIER : Non, Nath, pas de problème. C'est juste que je me dis que ma tête a dû cogner plus fort que je ne le pensais.

ZACK *(anxieux)* : Pourquoi dis-tu cela, Zack ?

LAURIER : Bien, d'après mon journal, je suis amoureux, mais je ne m'en souviens pas. C'est bizarre.

NATHAN et ZACK : Amoureux ! ?

NATHAN : Mais de qui ?

LAURIER : De personne, cousin. Ça ne te regarde pas. Tu le sauras éventuellement, si la relation évolue. Bon, je vais nous chercher un verre de jus et je reviens. Si vous voulez, nous pourrions appeler les autres et nous faire un match dans la cour d'école, cet après-midi.

ZACK : Ce serait génial, Zack! Veux-tu téléphoner aux amis?

LAURIER : Oui, je m'en occupe. Je reviens.

(Laurier dépose le journal intime sur le lit et sort de la chambre, laissant Zack et Nathan derrière lui.)

SCÈNE 2

ZACK dans le rôle de LAURIER

LAURIER dans le rôle de ZACK

NATHAN dans le rôle de NATHAN

(Dans la chambre de Zack. Nathan et Zack se jettent en même temps sur le journal intime, espérant tous deux être le premier à s'en saisir. Ils se poussent doucement l'un l'autre, mais chacun est fermement décidé à ne pas céder sa place. Laurier revient sur l'entrefaite.)

LAURIER : Hé-ho ! Qu'est-ce que vous faites là ?

NATHAN : Je veux savoir qui est l'élue de ton cœur, Zack.

ZACK : Et moi, je tente de l'en empêcher, Zack ! Il n'a pas le droit de savoir. C'est confidentiel. Personne d'autre que m... toi ne devrait être au courant. C'est un secret.

LAURIER : Content de voir que tu t'inquiètes de ma vie amoureuse, Laurier. Mais moi, je pense que je devrais au moins le dire à la personne en question. Quoique je ne sois pas certain que je devrais.

NATHAN ET ZACK : Pourquoi ?

LAURIER : Parce que je ne voudrais pas créer de problèmes.

NATHAN : Des problèmes avec qui ?

(Zack pousse à nouveau Nathan pour faire dévier la conversation. Il n'a pas l'intention que soit dévoilé le contenu du journal intime.)

ZACK : Tu es vraiment insupportable parfois, Nath ! C'est le journal de Zack. C'est personnel.

NATHAN : Je sais, Laurier, mais c'est mon cousin, c'est à lui de décider.

(Pour toute réponse, Laurier se joint à la bataille, frappant ses amis à coups d'oreiller en riant. Nathan et Zack empoignent des coussins et frappent à leur tour. Le journal est toujours posé sur le lit.)

LAURIER : Nathan, tu es bien curieux. Je ne dirai rien.

ZACK : Bravo, Zack! Reste discret. C'est parfait ainsi. Personne n'a besoin de savoir. Pas même la fille, en tout cas, pas maintenant.

NATHAN : Eh bien moi, je ne suis pas d'accord! Je veux voir ce qui est écrit dans ce journal. Zack, tu me laisses le lire ou je m'acharne sur toi.

LAURIER : Vas-y, cousin, acharne-toi, mais tu ne réussiras pas.

(Nathan frappe Laurier à la tête d'un coup de coussin. Ce dernier s'écroule à plat ventre sur le lit, couvrant le journal de tout son poids. Il s'est évanoui. Les parents sont appelés en renfort et font irruption dans la pièce au moment où Laurier se réveille, quelques instants plus tard.)

SCÈNE 3

ZACK dans le rôle de ZACK

LAURIER dans le rôle de NATHAN

NATHAN dans le rôle de LAURIER

Les PARENTS dans le rôle des PARENTS

(Laurier, qui est tombé inconscient en croyant être Zack, se réveille dans la peau de Nathan. Le journal gît sur le lit. Laurier est le premier à parler.)

LAURIER : Hé, Zack! Qu'est-ce que je fais, allongé dans ton lit?

ZACK : Quoi? Tu m'as appelé Zack?

LAURIER : Bien quoi, Zack, ce n'est pas un petit coup de coussin qui va me faire oublier que tu es mon cousin! Tu voulais peut-être que je t'appelle Laurier? Quoique, ce pourrait être comique, hein, Laurier?

(Nathan ne répond pas. Les parents le regardent d'un drôle d'air.)

LAURIER : Hé-ho! Laurier, tu ne vas pas bien ou quoi? On dirait que tu n'es pas toi-même!

NATHAN : Oui, excuse-moi, Nath, j'avais l'esprit ailleurs. Il m'a fallu deux ou trois secondes pour me rendre compte que tu me parlais, le temps que les bonnes connexions se fassent dans mon cerveau.

ZACK : Dis, Nathan, tu te sens bien? Je veux dire, tu as reçu un bon coup sur la tête.

LAURIER : Vraiment bien! Un bon coup, il ne faut tout de même pas exagérer. Le coussin qui va venir à bout de moi n'est pas encore cousu!

ZACK : Elle est bonne, Nathan!

LAURIER : Ça me fait tout drôle... On dirait que je viens de faire une blague à la Laurier. Ce n'est pas dans mes habitudes.

MARC : Allez, Nathan. Nous allons te laisser te reposer. Pas de risque à prendre. Nous allons prévenir tes parents. Tout le monde dehors.

(Les parents quittent la chambre. Laurier, qui croit être Nathan, retrouve le journal bien enfoui sous les couvertures. Il le prend et commence sa lecture.)

CHAPITRE 9

Docteur,
Docteur!!!

Anne-Marie et Alain ne savent plus où donner de la tête, mais ils sont bien heureux de la rapidité d'esprit dont a fait preuve Marc en demandant à tout le monde de quitter la pièce. Voir leur fils changer de personnalité sous leurs yeux les empêchait de penser. Et, comme le médecin l'a dit, il faut éviter de commettre devant Laurier des erreurs qui pourraient aggraver sa condition.

Tandis qu'Hélène, la mère de Zack, tente de réconforter Anne-Marie du mieux qu'elle peut, Alain se rue sur son portable. Il doit absolument parler au docteur Simard. Pendant ce temps, Marc téléphone à Éric. C'est à Sandra et lui de prendre la relève. Ils seront, pour un temps, les parents de Laurier, qui croit maintenant être leur fils.

Deux minutes après s'être entretenus avec leur interlocuteur, Alain et Marc raccrochent. Ce dernier annonce que Sandra et Éric seront bientôt là. Alain, pour sa part, informe que le médecin veut voir Laurier dans l'heure qui suit. On convient de se rendre à l'hôpital dès l'arrivée des parents de Nathan.

Une quinzaine de minutes plus tard, Sandra et Éric sonnent à la porte. Après quelques mots d'explication pour les aider à se mettre au diapason, ils montent à l'étage. Ils profitent de l'occasion pour, pour ébouriffer les cheveux de leur vrai Nathan, qui leur sourit. Le défenseur est triste pour son ami, mais pas mécontent de jouer les comédiens à son tour.

Sandra et Éric ouvrent la porte de la chambre de Zack et voient Laurier couché dans son lit, absorbé par sa lecture.

— Salut, mon grand! commence Éric. Il semble que tu aies reçu un coup sur la tête.

— Oui... mais je ne vois vraiment pas pourquoi mon oncle Marc a voulu que je me repose. Un coup de coussin, ce n'est pas la fin du monde. Ce n'est rien à côté du coup que Laurier a reçu sur la tête.

— C'est sûr que c'est moins grave, mon grand, mais nous allons quand même aller à l'hôpital pour nous assurer que tout est correct, poursuit Sandra.

— À l'hôpital ! Pourquoi ? En plus, Zack a téléphoné aux copains. Nous devions nous retrouver pour un match. Je ne veux pas y aller.

— Écoute, Nathan, tu n'as pas le choix, dit son père. Je te propose un compromis. Nous allons voir le docteur. Si tout est normal, nous revenons ici et tu pourras participer à ton match.

— C'est à prendre ou à laisser, jeune homme, enchaîne Sandra.

— Beau compromis ! On dirait plus un « comme promis ».

Sandra et Éric sourient à la remarque de Laurier qui, croyant toujours être Nathan, continue sur sa lancée :

— Tiens, encore une phrase à la Laurier. Ce n'est pas dans mes habitudes.

Sur cette réplique, tous les trois se lèvent. Celui qui se croit Nathan, absorbé qu'il était par sa lecture avant la venue de ses parents, décide d'enfouir le journal intime de Zack au fond de la poche de son chandail kangourou.

Trente minutes plus tard, le groupe se retrouve à nouveau à l'hôpital. Les protagonistes sont Laurier, accompagné de Sandra et d'Éric, qu'il croit être ses parents, de même qu'Anne-Marie, Alain et le véritable Nathan. Le médecin arrive dès qu'on l'informe de la venue de son patient. Comme à son habitude, le docteur Simard salue les visiteurs, puis s'éloigne dans une salle fermée en compagnie de Laurier et de ses « parents d'emprunt ». Comme Laurier croit maintenant être Nathan, il est important d'être prudent dans l'approche du patient.

— Alors, mon grand, comment t'appelles-tu ?

— Nathan, monsieur, Nathan Laflamme.

— Salut, Nathan. D'après ce qu'on me dit, tu as reçu un coup sur la tête.

— Oui, un coup de coussin donné par mon cousin Zack. Nous étions en plein milieu d'une bataille d'oreillers.

— Ah oui, une bataille. Et vous étiez seulement tous les deux?

— Non, il y avait un autre de mes amis, Laurier. Il est dans la salle d'attente. Lui aussi a reçu un coup sur la tête, mais en jouant au hockey-balle.

— Oui, je sais. C'est moi qui l'ai soigné. Mais parlons de toi. As-tu mal à la tête? Les sons te paraissent-ils trop forts et la lumière trop crue? Et la vie, la vois-tu en couleur ou piquée de noir et de blanc?

— Non, rien de tout ça. Je me sens en forme et je vois toujours la vie en couleur.

— Merveilleux! Es-tu capable de me dire ce que tu faisais avant de recevoir ce coup de coussin sur la tête?

— Certainement! Je m'obstinais avec mes amis à propos d'une histoire de journal intime.

— Et avant cela ?

— Hum... marmonne le jeune patient. Je dirais que c'est un peu flou. J'étais chez Zack. Nous prenions du bon temps avec Laurier. Nous nous sommes chamaillés, et je suis venu ici.

— C'est bien, Nathan, la consultation est terminée.

— Alors je vais bien, docteur ?

— Tu sembles en pleine forme !

— Génial !

Se tournant vers ses pseudo-parents, Laurier poursuit.

— Je vous avais bien dit que ce n'était rien. Vous le savez bien, moi, Nathan, je suis fait fort.

Laurier ouvre la porte et sort de la salle d'examen, prenant à peine le temps de dire au revoir au médecin. Il retrouve son ami dans la salle d'attente. Voyant leur fils sortir en coup de vent et l'air en forme, Anne-Marie et Alain rejoignent le docteur Simard dans la salle d'examen, aux côtés de Sandra et d'Éric. Le médecin les réconforte en faisant part de son diagnostic.

— Votre fils semble sur la bonne voie, celle de la guérison.

— Je ne suis pas certaine de vous comprendre, docteur, commence Anne-Marie. Laurier croyait être Zack et il se prend maintenant pour Nathan. Je ne vois pas ce qu'il y a de rassurant là-dedans.

— Bien au contraire, madame. Votre fils ne me paraît pas disposé à passer beaucoup de temps dans la peau de l'un ou l'autre de ses amis.

— Ce qui signifie? demande à son tour Alain.

— Qu'il ne serait pas surprenant que, d'ici la fin de la journée, il croit être quelqu'un d'autre et que, dans un jour ou deux, tout soit terminé.

— Ne me dites pas qu'il peut emprunter l'identité de toute l'équipe de hockey au complet? lance Anne-Marie en s'affaissant sur une chaise. Je ne suis pas certaine que mes nerfs vont passer au travers! Je n'en peux plus, moi! ajoute-t-elle en massant ses tempes.

— Voyons, chérie! Calme-toi.

Alain lui prend la main. Le médecin ouvre ses bras en signe d'impuissance.

— Il faut voir le côté positif des choses, madame. Lors de sa chute, sa tête n'a pas frappé violemment l'asphalte. Il ne voyait pas de points noirs ou de points blancs, il n'avait pas de nausées, ou de vomissements, ou de vertiges. Il n'avait ni fatigue, ni faiblesse, ni maux de tête[1]. Quant à son irritabilité, rappelez-vous qu'il s'agit d'un adolescent. Je ne crois pas que nous puissions vraiment parler de symptômes dans ce cas-là.

L'humour du médecin déride un peu tout le monde. Ce dernier continue :

— Cette confusion qui l'habite demeure la seule manifestation de sa commotion. Dites-moi, votre fils connaît très bien ses amis, n'est-ce pas ?

— Oui, très bien ! répond Anne-Marie. Ils se fréquentent tous depuis longtemps. Pour Nathan, un peu moins, mais c'est tout comme.

— Voilà un autre point positif, reprend le médecin. Sans être tout à fait présent,

---

1   Tous des symptômes de la commotion cérébrale.

Laurier évolue parmi son entourage. Me suivez-vous ? Pour les heures à venir, votre fils aurait avantage à être entouré de ses meilleurs amis. Cet effort lui sera certainement bénéfique.

— Dans ce cas-là, je crois qu'Ève n'a pas encore démonté les tentes, intervient Sandra.

— Bonne idée ! approuve Alain. Si cela peut aider Laurier.

— Je lui téléphone. À mon avis, ce ne sera pas un problème.

— Moi, je téléphone à Marc, annonce à son tour Éric. Il s'occupera de prévenir tout le monde.

— Voilà ce que j'appelle de l'organisation ! reprend le docteur Simard. Maintenant, écoutez-moi bien. Si Laurier change de nouveau de personnalité, vous devrez vous y adapter tout de suite, comme vous venez de le faire. Il faudra faire attention de ne pas commettre d'erreurs.

— Oui, docteur, répond Anne-Marie à voix basse. Devons-nous vous prévenir s'il reçoit un autre coup sur le crâne ?

— Ce serait préférable. De toute manière, j'allais vous demander de me téléphoner si vous avez quelque crainte que ce soit. Il vaut mieux être prudent. Et, autant que possible, assurez-vous que Laurier et ses amis ne s'agitent pas trop : des activités qui ne soient pas trop exigeantes, et du repos. S'il y a quoi que ce soit, communiquez avec moi à l'hôpital et je vous rappellerai si je ne suis pas disponible à ce moment-là.

— Merci, docteur, dit Alain.

— Pas de problème. Je comprends vos inquiétudes. Et, au fait, poursuit le médecin, dernier point positif : Laurier semble garder le fil des événements de sa journée, même si c'est un peu flou. Ce fil d'Ariane[2] ne peut que l'aider à retrouver son chemin vers sa propre mémoire. Il est important de bien le tisser.

— Nous le tisserons serré, l'assure Anne-Marie, le mouchoir à la main.

---

2 Provient de la mythologie grecque, alors qu'Ariane sauve Thésée du labyrinthe du Minotaure grâce à un fil qu'il déroule derrière lui afin de retrouver son chemin.

— Oh oui ! Le plus serré possible, comme les liens d'amitié que les enfants ont tissés depuis longtemps, laisse tomber Éric.

— Et il n'y a rien de plus solide ! conclut Alain.

Les deux couples quittent l'hôpital. Anne-Marie et Alain, suivis de Laurier et de Nathan, se dirigent vers la maison des Laflamme, alors que Sandra et Éric se rendent chez Ève pour expliquer la suite des événements. Zack et Marc, pour leur part, sont au téléphone pour tout préparer.

Le téléphone arabe fait son œuvre et, en moins de temps qu'il n'en faut pour le dire, le plan est échafaudé et le rendez-vous fixé chez Ève, où tous se retrouvent aux alentours de dix-huit heures. La mission – pas impossible selon le docteur : aider Laurier à redevenir lui-même.

ACTE 2

Laurier
devient Nathan

SCÈNE 1

LAURIER dans le rôle de NATHAN

NATHAN dans le rôle de LAURIER

Les AMIS et les PARENTS dans leurs rôles respectifs

(Près d'une tente, Laurier, qui croit être Nathan, essaie de cacher le journal intime dans son sac de couchage quand Nathan, qui joue le rôle de Laurier, passe par là et aperçoit lui aussi le journal. Il s'arrête.)

NATHAN : Dis, Nath, qu'est-ce que tu fais là ? On dirait que tu essaies de dissimuler quelque chose.

LAURIER : Non, rien de spécial...

NATHAN : Ce ne serait pas le journal intime de Zack, par hasard ?

LAURIER : Pourquoi l'aurais-je ? Qu'est-ce que tu voudrais que j'en fasse ?

NATHAN : Bien tiens, le lire !

LAURIER : D'accord ! Ça, c'est déjà fait.

NATHAN : Ah oui ! Et tu y as trouvé quelque chose d'intéressant?

LAURIER : Quelque chose, oui, mais rien de bien captivant, en tout cas, pas pour toi. Par contre, j'ai un détail à régler avec mon cousin. D'ailleurs, sais-tu où il est, Zack ?

NATHAN : Eh bien, Nathan, le voilà servi sur un plateau d'argent. Il arrive avec Maude, et Joey les suit de près.

(Laurier sort de la tente immédiatement, l'air en colère et le journal intime sous le bras.)

LAURIER : Zack Laflamme, il faut que je te parle tout de suite. Et n'essaie surtout pas de t'esquiver. Nous avons une affaire à régler.

(Zack et Nathan semblent inquiets; Zack, parce qu'il connaît le contenu du journal et ne veut pas le révéler à Nathan, et ce dernier parce qu'il désire de plus en plus savoir ce qui y est écrit.)

SCÈNE 2

ZACK dans le rôle de ZACK

LAURIER dans le rôle de NATHAN

NATHAN dans le rôle de LAURIER

LES COPAINS dans leurs rôles respectifs

ZACK : Dis, Nath, ce ne serait pas mon journal que tu tiens dans tes mains, par hasard ?

LAURIER : Exactement ! Quand je me suis réveillé dans ton lit, je suis tombé dessus et sa lecture a été très instructive. Je pensais que je te connaissais, Zack, mais jamais je n'aurais imaginé cela.

ZACK : Je crois que tu veux parler...

LAURIER : Tu sais très bien de quoi je veux parler.

(Zack est nerveux. Laurier le défie du regard. Maude et Joey ne savent que penser.)

ZACK : Si tu me donnes mon journal, cousin, nous pourrons en discuter tranquillement en privé.

LAURIER : Laisse faire les « cousin » puis les « Nath » aussi. À l'avenir, quand tu me parleras, tu m'appelleras Nathan. Et je dis bien : « quand tu me parleras ».

MAUDE : Oh là, les deux Laflamme ! On peut savoir quel est le problème entre vous ?

LAURIER : Demande-le à Zack, Maude. Il va peut-être avoir le courage de le dire... *(Il hésite)* quoique cela m'étonnerait.

(Laurier veut partir, mais Zack se place devant lui et empoigne le journal. Ils se bagarrent, chacun tentant de se l'approprier.)

JOEY : Assez ! Lâchez ce journal. Vous avez l'air de deux bébés.

NATHAN : Oui ! Zack, Nathan, en avez-vous fini avec cette histoire ? Vous n'allez tout de même pas vous battre pour un journal !

LAURIER : Non, Laurier, pas pour un journal, mais pour ce qu'il y a dedans.

NATHAN : Mais qu'y a-t-il de si horrible là-dedans ? Zack est livide, et toi, tu as de la fumée qui te sort par les oreilles. Zack, est-ce que je devrais m'inquiéter ?

(Zack reste muet, n'étant pas encore prêt à parler du contenu de son journal avec son cousin, le vrai Nathan.)

NATHAN : Ton silence en dit long. Je commence à avoir hâte d'être au courant.

LAURIER : Et pourquoi, au fait, serais-tu au courant, toi ? Cette histoire ne te concerne pas, Laurier. C'est entre mon cousin et moi.

ZACK : C'est cela, Laurier, contente-toi de ton rôle pour l'instant et arrête de poser des questions.

LAURIER : Oui, fais donc cela, Laurier. Je vais te dire que si je pouvais m'appeler Laurier au lieu de Nathan aujourd'hui, je ne serais pas déçu. Loin de là !

(La bagarre reprend de plus belle entre Laurier et Zack. Joey et Nathan tentent de les séparer. Ce faisant, Laurier reçoit

l'épaule de Zack en plein front et perd connaissance à nouveau. Il tombe par terre, le journal dans les mains. Joey court chercher les parents.)

LAURIER *(ouvrant les yeux)* : Zack, Nath, Laurier, qu'est-ce que je fais, couché par terre ?

(Puis, regardant Ève.)

Maman !

ACTE 3

Laurier devient Joey...

SCÈNE 1

LAURIER dans le rôle de JOEY

JOEY dans le rôle de LAURIER

LES COPAINS dans leurs rôles respectifs

(Laurier vient à peine de se réveiller. Il est entouré de ses amis et de plusieurs parents, qui ont accouru à son chevet. On voit son père, Alain, qui téléphone au médecin, alors qu'Ève est penchée sur lui. Laurier croit être Joey.)

LAURIER : Maman !? Qu'est-ce qui se passe ? Pourquoi suis-je par terre ?

ÈVE : Tu ne te souviens donc pas de ce que tu faisais, mon grand ?

LAURIER : Je me disputais... je pense. En tout cas, Zack et Nathan se disputaient. Ils s'obstinaient à propos de... tiens, pourquoi l'ai-je dans ma main, ce carnet ?

ÈVE : Et qu'y a-t-il dans ce carnet, Joey ?

LAURIER : Eh bien, c'est...

ZACK : C'est mon journal, et j'aimerais bien le récupérer, Jo, s'il te plaît.

LAURIER *(qui semble retrouver son énergie)* : Pas de problème, capitaine, si et seulement si tu es capable de t'en emparer.

ZACK : Ce qui veut dire ?

LAURIER : Eh bien, que tu dois venir le chercher ! Maman, tu ne vas pas m'empêcher de jouer, quand même, hein ? Pas pour un si petit coup. De toute façon, depuis deux jours, tout le monde se cogne la tête, comme si Laurier avait déclenché une série de malheurs.

ÈVE *(hésitante)* : Je ne sais pas trop, mon grand.

ALAIN *(raccrochant le téléphone)* : Je ne crois pas que cela pose de problèmes, Ève.

ÈVE : C'est sûr que c'était un tout petit coup, mais sois quand même prudent, mon grand.

LAURIER : Prêt à ravoir ton journal, capitaine ? Moi, je sais ce qu'il contient, mais ce n'est pas le cas de tout le monde...

ZACK : Non, Lau... Joey, non !

LAURIER : Quoi, je n'ai pas rêvé. Tu as failli m'appeler Laurier. Raison de plus pour te laisser t'acharner à reprendre ton journal, Zack. Non mais, comme si j'avais une tête de Laurier !

(Laurier lance le journal dans les airs. Luka l'attrape puis le relance à quelqu'un d'autre, et ainsi de suite. Ce jeu dure quelques minutes, dans les rires et les cris.)

ZACK : Arrêtez donc, vous n'êtes pas drôles !

WILLIAM : Oh que si ! Nous sommes très drôles. Si tu voyais la tête que tu fais. Comme si ta vie en dépendait.

NATHAN : Il n'y a pas à dire, une vraie tête à faire peur. Et ça me donne encore plus envie d'en connaître le contenu.

(Sur ce, Nathan attrape le journal. Zack et Laurier – le vrai – se précipitent en même temps vers lui pour lui arracher le cahier, et ils entrent tous les trois en collision. Laurier s'évanouit à nouveau et tombe à plat ventre sur le sol, son corps couvrant le journal intime extirpé des mains de Nathan. Le temps s'arrête. Laurier rouvre les yeux. Personne ne parle.)

LAURIER : Bien quoi ?

(Tous restent muets, ne sachant pas à qui ils s'adressent.)

LAURIER : Pas une autre perte de conscience. Décidément, Laurier, on est maudits par ta faute. Si j'étais assez bon magicien, je ferais disparaître cette malédiction, mais je n'en connais pas la formule.

ZACK : William ?

LAURIER : Qui d'autre veux-tu que je sois, Zack ? On dirait presque que c'est toi qui t'es cogné la tête.

(Laurier sent la présence du journal sous lui. Alors que la discussion reprend, il le glisse dans son pantalon et recouvre le tout de son chandail, tel un magicien, sans se faire voir de personne.)

... Et William !

SCÈNE 2

LAURIER dans le rôle de WILLIAM

WILLIAM dans le rôle de LAURIER

LES COPAINS dans leurs rôles respectifs

ZACK : Dis, William, tu ne voudrais pas me rendre mon journal, s'il te plaît ? C'est que je commence à en avoir assez de toute cette histoire.

LAURIER : Et je peux savoir de quel journal tu parles, capitaine ?

ZACK : Eh bien, de celui sur lequel tu es tombé alors qu'on tentait de le dérober à Nathan.

LAURIER : Oui, je vois... mais je suis désolé, je ne l'ai pas.

ZACK : Et tu penses que je vais te croire, Will ? Tu es peut-être un très bon magicien, mais tu es un très mauvais menteur. Allez, dis-moi où tu le caches. Sois un bon ami, comme tu l'as toujours été.

LAURIER : Capitaine, je sais bien que Laurier et moi, nous avons toujours été tes meilleurs amis. Pas vrai, Laurier ?

WILLIAM : Ce que tu dis est bien vrai, Will ! Dis, tu l'as vraiment fait disparaître ? Je voudrais bien savoir comment tu t'y es pris...

LAURIER : Ah ! Je ne te le dirai pas, Laurier. Tu le sais, un bon magicien ne dévoile jamais ses secrets. Oui, il est disparu, mais pas dans le néant. Si vous y songez un peu, peut-être allez-vous le trouver.

ZACK : Assez ! Ce n'est plus drôle !

(Zack est au bord des larmes ou de la crise d'hystérie. Il est désespéré. Naòmi s'approche de Laurier, qui croit être William, et se place derrière lui. Elle aperçoit la bosse sous le chandail de son ami.)

NAOMI : Les garçons, il semble que vous ayez tous besoin d'une touche d'intuition féminine...

WILLIAM : Ce qui veut dire, Nao?

NAOMI : Ce qui veut dire que vous ne pensez pas plus loin que le bout de votre nez. Will est effectivement un bon magicien et sa main est souvent plus rapide que l'œil, mais pas spécialement aujourd'hui. Il est donc impossible que le journal de Zack se soit envolé. Il est forcément tout près d'ici.

LAURIER *(souriant)* : Oui, plus près que vous ne le croyez.

NATHAN : Et comment en arrives-tu à cette conclusion, Sherlock?

NAOMI : Facile! Étant donné que Will n'a certainement pas toutes ses capacités habituelles après s'être cogné la tête, il est évident qu'il n'a pas sa dextérité des grands jours. Me suivez-vous?

WILLIAM : Moi, je te suis, Nao. C'est sûr que Will n'est pas à son top. J'ai déjà vu meilleurs magiciens...

NAOMI : Élémentaire, Watson. Alors, si le journal ne s'est pas envolé, je soupçonne fortement qu'il soit...

(Naomi interrompt sa phrase et prend Laurier par la taille, sans crier gare.)

NAOMI : ... tout simplement sous ses vêtements !

(Naomi extirpe le journal de sous le chandail de Laurier et le tient fièrement au-dessus de sa tête. Elle s'apprête à le lancer en direction de Zack. Laurier se retourne et reçoit un coup de journal intime sur la tête. Il s'écroule à nouveau et Naomi laisse tomber le journal au sol, quand elle voit son ami perdre connaissance.)

NAOMI : Ah non, pas encore un coup ! Je suis tellement désolée. Je ne voulais pas...

ALAIN : Ne le sois pas, ma belle Naomi. Tout à l'heure, le docteur m'a dit que, puisque la durée des épisodes diminue, Laurier est sans doute sur la bonne voie et qu'il sera guéri sous peu. Tu sais, tu lui as peut-être rendu service, et c'est en le réveillant que nous allons le savoir.

ACTE 4

Laurier devient Naomi

SCÈNE 1

LAURIER dans le rôle de NAOMI

NAOMI dans le rôle de LAURIER

LES AUTRES dans leurs *rôles* respectifs

(Alain s'agenouille à côté de Laurier, qui est toujours inconscient, et le réveille tout doucement. Naomi se trouve à ses côtés. Lorsque son fils ouvre les yeux, tous les amis ont une surprise de taille.)

LAURIER *(parlant d'une voix efféminée)* : Dis, Laurier, pourquoi ton père et toi êtes-vous agenouillés près de moi. Mes parents ne sont pas là ?

ANDRÉA *(s'approchant)* : Naomi ?

LAURIER : Maman ! On dirait que tu ne me reconnais pas. Est-ce que je me suis, moi aussi, cogné la tête ou c'est toi ?

ANDRÉA : Non, ma poulette, c'est toi, mais j'ai l'impression que c'est moi.

LAURIER *(se relevant)* : Tu sais que je déteste me faire appeler « ma poulette », maman.

(Laurier s'aperçoit qu'il porte un short maillot et un chandail de garçon.)

LAURIER : Dis, maman, depuis quand est-ce que je porte des vêtements de gar-çons ? Ce short maillot ne me va pas du tout. Les garçons, je vais me changer et je vous retrouve à la piscine. D'accord ?

(Personne ne répond et tous retiennent leur fou rire.)

NAOMI : Certainement, on se retrouve à la piscine. J'ai hâte de voir de quoi tu as l'air en costume de bain, Nao.

LAURIER : Pfft ! Comme si tu ne m'avais jamais vue en maillot de bain. D'ailleurs, Laurier, celui que tu portes pré-sentement te donne un air plutôt... enfin...

(Tout le monde s'esclaffe et, dans le brouhaha, Laurier en profite pour ramasser le journal intime de Zack. Puis il se dirige au pas de course vers la maison pour enfiler son maillot.)

SCÈNE 2

LAURIER dans le rôle de NAOMI

NAOMI dans le rôle de LAURIER

LES AUTRES dans leurs rôles respectifs

(Tous les amis sont massés autour de la piscine et attendent impatiemment le retour de Laurier, qui se prend pour Naomi. Ce dernier revient, tenant le journal de Zack enroulé dans une serviette.)

LAURIER *(parlant d'une voix efféminée)* : Les garçons, les garçons, je suis là ! Zack, j'ai ton journal. Ne me demande pas comment il est entré en ma possession, je l'ignore. J'imagine que j'ai dû le ramasser sans vraiment m'en rendre compte tout à l'heure, quand je vous ai laissés pour aller mettre mon maillot, mais il est là.

ZACK : Merci, Nao. Dis, tu veux bien être gentille et me le rendre, s'il te plaît ?

LAURIER : Normalement, je devrais, mais je n'ai pas pu résister à l'envie d'y jeter un coup d'œil.

ZACK : Ah non, pas toi aussi !

NAOMI : Là, tu m'étonnes beaucoup, Nao.

LAURIER : Tu sais, Laurier, je suis plus curieuse que j'en ai l'air et... *(Se retournant vers Zack...)*

LAURIER : ... quelquefois moins coopérative. Capitaine, je vais te redonner ton journal, sois sans inquiétude, surtout après ce que j'y ai lu. J'imagine que tu veux garder ça pour toi... du moins, pour le moment. Et même si je brûle d'envie de partager ce nouveau potin avec ma meilleure amie, je vais me taire.

ZACK : Tu as tout compris, ma petite Nao, je veux garder ce secret pour moi. Et puis quoi encore ? Tu ne vas tout de même pas me faire chanter. Ce serait indigne de ta part.

LAURIER : Non, pas te faire chanter. J'ai déjà entendu ta voix, et je m'en passerais volontiers. Par contre, je ne dirais pas non à une bagarre de nouilles à dos de cheval. Voilà ce que je te propose. Si tu réussis à me désarçonner et à me faire tomber, le journal est à toi. Si je gagne, j'aurai le droit d'en divulguer le contenu.

ZACK : Nao, c'est tout sauf honnête comme proposition.

LAURIER : Eh bien, c'est à prendre ou à laisser, capitaine. À moins que tu aies peur de te battre contre une fille.

ZACK : Aucunement, Rocketfille, je connais ta valeur. D'accord, j'accepte, mais à une condition, ou plutôt à deux conditions. Je voudrais que mon journal soit remis à mon père ou à ma mère ou à n'importe quel parent digne de confiance pendant la bagarre.

LAURIER : Pas de problème, capitaine. Et ta deuxième condition ?

ZACK : Il faut que le père de Laurier soit d'accord.

LAURIER : Qu'est-ce que le père de Laurier vient faire là-dedans ? Tu veux peut-être dire mes parents, Andréa et Jean-François.

ZACK : Non, je veux dire le père de Laurier.

LAURIER *(se retournant vers son père)* : Dites, monsieur Bouchard, êtes-vous d'accord pour que je me batte en duel avec Zack ? Bien que je ne vois pas en quoi cela vous concerne.

ALAIN *(qui hésite un peu en se rappelant la mise en garde du médecin sur les activités pas trop exigeantes, mais qui a le pressentiment que cette mascarade se terminera bientôt)* : Oui, Naomi, je suis d'accord. Vous pouvez y aller.

LAURIER : Alors il ne reste qu'à choisir nos montures, Zack. Pour ma part, je choisis mon cousin Joey.

ZACK : Et moi, mon cousin Nathan... s'il le veut bien.

(Joey et Nathan acquiescent à la demande qui leur est faite et entrent dans la piscine. Tous les amis se réunissent aux abords du bassin. Laurier tend le journal à Hélène, la mère de Zack. Il laisse glisser sa serviette, révélant son maillot de bain : un deux-pièces avec jupette ! Tout le monde pouffe de rire, les parents y compris.)

ACTE 5

Laurier redevient lui-même

SCÈNE 1

TOUS dans LEURS RÔLES RESPECTIFS

(Les deux combattants ont grimpé sur les épaules de leurs montures respectives. Ils se battent à grands coups de rouille. Tout le monde s'amuse. Zack se déchaîne, conscient de l'enjeu et ne voulant absolument pas perdre cette manche. Les quatre garçons se livrent un combat féroce. Quand Nathan perd légèrement l'équilibre, Zack panique, frappant à l'aveuglette et atteignant Laurier à la tête. Sonné, ce dernier tombe à l'eau, inconscient. Ses

amis se précipitent pour le maintenir hors de l'eau, attendant qu'il revienne à lui.)

LAURIER *(ouvrant les yeux)* : Qu'est-ce qui se passe ? Où sommes-nous ?

JOEY : Chez moi.

LAURIER : Et qu'est-ce que nous faisons chez toi ?

(Laurier détaille la foule massée près de lui et aperçoit ses parents. Jean Roch et Zoé arrivent sur les entrefaites.)

LAURIER : Maman, papa, qu'est-ce que vous faites ici ?

ANNE-MARIE : Laurier ? C'est bien toi ?

LAURIER : Qui voudrais-tu que ce soit, maman ? C'est moi, Laurier, ton fils !

(Laurier sort de la piscine. Anne-Marie, les larmes aux yeux, court embrasser son garçon. Laurier s'assoit et remarque le maillot de bain qu'il porte. Il se rappelle.)

LAURIER : Oh non ! Je me souviens... je me souviens de tout, même d'avoir enfilé ce costume de bain ridicule !

NAOMI : Hé ! Oh ! Laurier, mon maillot est tout sauf ridicule, du moins habituellement ! Mais je dois dire qu'aujourd'hui... c'est une tout autre histoire.

LAURIER *(prenant une voix efféminée)* : Je t'interdis de juger mon apparence, Nao ! Ce maillot me va très bien ! Je dirais même mieux qu'à toi.

(Tandis que ses amis rigolent à cette remarque, le garçon poursuit.)

LAURIER : D'ailleurs, je ne connais personne ici qui aurait eu le courage de se ridiculiser à ce point, uniquement dans le but de... jouer le jeu... jusqu'au bout ! Comme je le fais depuis hier !

(Et au milieu de l'incompréhension générale, Laurier se plie en deux, mort de rire.)

L'acteur sort du sac !

SCÈNE 2

TOUT LE MONDE, encore dans SON RÔLE RESPECTIF

(Laurier rit de plus en plus fort. Entre deux respirations, il articule.)

LAURIER : Et vous m'avez cru ! Vous m'avez TOUS cru ! AH AH AH ! C'est décidément ma meilleure blague à vie ! Vous êtes tous tombés dans le panneau ! Vous avez vraiment cru que je perdais la tête ! AH AH AH !

(Surprise générale. Tout le monde regarde Laurier, bouche bée. Anne-Marie et Alain, surtout, semblent sous le choc.)

ANNE-MARIE *(qui commence à comprendre et qui retient sa colère)* : Laurier...

Est-ce que tu essaies de nous dire que toute cette histoire... n'était qu'une mise en scène ?

LAURIER : Une TRÈS BELLE mise en scène, non ? Ma meilleure performance, je crois. Digne d'un Oscar, maman ! D'ailleurs, je te remercierai quand j'en gagnerai un, un jour.

(Avant que sa mère n'éclate en récriminations, le fils réplique, prenant un air faussement désolé.)

LAURIER : Bien quoi ? Je ne pouvais quand même pas passer à côté d'une si belle occasion. Je n'ai pas fait d'improvisation depuis la fin de l'école... Et quand je me suis réveillé sur l'asphalte, après mon accident, et que j'ai vu vos têtes, je n'ai pas pu y résister. Mais, je dois avouer que la mise en scène a été orchestrée d'une main de maître, ajoute Laurier en montrant Jean-Roch, qui est arrivé sans que personne ne s'en aperçoive, Zoé à ses côtés.

(Tout le monde se retourne vers l'autre responsable. Jean-Roch s'avance en souriant, les yeux pétillants. Puis, voyant les mines sévères, son sourire tombe.)

ALAIN : Veux-tu dire que monsieur Laflamme est mêlé à cette histoire ?

MARC : Papa !

JEAN-ROCH : Je suis désolé, je croyais que la supercherie durerait une journée tout au plus, répond Jean-Roch, l'air contrit, quand Laurier m'en a parlé dans la voiture. Mais Laurier y a pris goût et... le docteur et moi aussi. C'était trop drôle.

ANNE-MARIE : C'est pour ça que vous avez été le premier à rencontrer le médecin.

JEAN-ROCH : Oui, il est le fils de l'ami d'un ami et...

(Mais les parents de Laurier ne sont pas les seuls à regarder les coupables d'un air furieux. Toute la bande des Requins, notamment Zack, et leurs parents lancent des regards assassins aux comédiens.)

MARC : Moi, je dis que cette traîtrise mérite une punition. Qu'en pensez-vous, les jeunes ?

(Laurier n'a pas le temps de se défendre. D'un seul mouvement, la bande se précipite vers lui, le soulève dans les airs... et le balance dans la piscine. Celui

qui les faisait marcher depuis deux jours tombe à l'eau dans un grand « plouf » !)

ALAIN : Maintenant, au tour de l'autre complice. Cela vous apprendra à jouer la comédie et à nous faire aussi peur !

(Jean-Roch court et saute dans la piscine, provoquant l'hilarité générale.)

JOEY : Vous nous avez bien eus !

(Laurier, encore pris d'un fou rire, se hisse hors de la piscine et lance...)

LAURIER : Quoi que vous me fassiez, le jeu en valait la chandelle ! Hé, au fait, capitaine, je pense que tu peux reprendre ton journal, maintenant.

(Zack serre les poings. Sa mère lui remet son précieux carnet. Il le saisit, l'air tendu.)

ZACK : Merci, Laurier, même si je ne suis pas certain de devoir te remercier.

LAURIER : Bien quoi ! J'étais convaincu que j'étais toi. Il fallait bien que je lise ce qu'il y avait dans mon journal, si je voulais jouer mon rôle comme il le faut. Et si je me souviens bien, j'ai quand même protégé ton secret. Tu peux donc me dire merci.

ZACK : Vu sous cet angle.

NATHAN : Dis donc, Laurier, maintenant que tu es redevenu toi-même, est-ce que tu aurais la gentillesse de nous dire ce qu'il y a dans ce fameux journal ? Surtout que j'ai l'impression d'y être très concerné.

LAURIER : Ça me brûle les lèvres, crois-moi, mais je vais le garder pour moi.

ZACK : Merci, Laurier.

LAURIER : En fait, ne me remercie pas, capitaine. Mon geste n'est pas héroïque. Je ne veux simplement pas gâcher le moment où tu vas passer à l'action. Parce que tu vas devoir le faire. Parole de moi-même !

NATHAN : Bon, ça recommence. Y a-t-il un moyen de savoir ce que le journal contient ?

ZACK : Non, Nath. Nous allons finir la conversation sous les arcanes[3] de Laurier.

LAURIER : Les « arquoi » ? Hé, je viens à peine de réintégrer mon cerveau et voilà que tu me mélanges encore avec tes grands mots, capitaine !

3 Secret

(Zack lance un regard foudroyant à son ami.)

LAURIER : Oui, oui, ne t'inquiète pas ! « Modus » et bouche cousue !

ZACK : On dit : Motus et bouche cousue, Laurier.

(Tout le monde est content de revoir Laurier en forme et fidèle à lui-même et à ses calembours. Le rideau tombe.)

CHAPITRE 10

Le rideau est tombé, mais la ténacité de Nathan demeure !

Une fois terminés les quelques actes de la pièce « Commotion cérébrale », rédigée et interprétée par Laurier, la vie reprend son cours à Rocketville.

Les parents de Laurier, après leur première frustration d'avoir été dupés par leur fils, n'ont eu d'autre choix que de reconnaître son talent d'acteur. Quant à Jean-Roch, ils lui ont fait promettre de ne plus jamais recommencer.

Cela dit, les accidents ayant été fictifs, les joueurs des Requins ont tout de même retenu que, pour leur retour à leurs activités, il est important de porter l'équipement approprié... et de s'assurer que celui-ci est bien attaché afin d'éviter les blessures et les coups à la tête.

Les jours suivants s'écoulent plus calmement. Les jeunes n'ont plus d'horaire scolaire à respecter, et plusieurs parents commencent leurs vacances. Le seul devoir, tant pour les ados que pour les adultes, c'est le retour au jeu. Le premier tournoi de hockey-balle approche à grands pas, et les BQR ainsi que les Experts ont besoin d'entraînement. Plus particulièrement les Experts !

On décide tout de même de prendre quelques jours de repos pour se remettre des récents événements. Les amis en profitent pour envahir la piscine de la pieuvre. Ève, malgré le fait qu'elle voie son garde-manger se vider à une vitesse proportionnelle à l'élargissement de sa famille, est contente de recevoir l'équipe chez elle. C'est fou tout ce que peut engloutir une bande d'ados ! Par ailleurs, elle aime les écouter sans se faire remarquer. Quelquefois, cela lui donne une bonne idée sur la façon d'entamer certains sujets avec son fils. Elle a justement invité les amis à prolonger leur séjour sous la tente. Ainsi, chaque journée se passe dans la piscine, puis se poursuit autour du feu avant que tous s'endorment, exception faite du veilleur de nuit.

Pourquoi un veilleur de nuit ? C'est que les Requins ont décidé d'aborder ces quelques jours comme s'ils étaient des explorateurs perdus en forêt... Ils ont instauré un tour de garde, pour éviter que le campement ne soit visité par quelque fauve affamé ou autre animal que peut receler la forêt... assez lointaine. En fait, il s'agit davantage d'un prétexte pour veiller à la belle étoile.

Ce soir, Nathan est officiellement de faction. Il est en compagnie de Laurier qui, aussi incroyable que cela puisse paraître, demeure silencieux. Les deux amis observent les étoiles et semblent méditer. Le défenseur des Requins est toujours obsédé par le contenu du journal de son cousin. L'ailier, pour sa part, se remémore l'aventure qu'il vient de vivre et sourit intérieurement en imaginant l'imbroglio à venir entre les cousins.

Tout à coup, des grognements, ou peut-être des marmonnements, viennent briser le silence, attirant l'attention des deux amis.

— Laurier, as-tu entendu ?

— Oui, Nath. Qu'est-ce que c'était ?

— Je ne sais pas trop, mais le bruit venait de par là, dit Nathan en pointant la tente qu'il partage avec son cousin.

— Tu veux dire de votre tente ?

— Oui, on dirait bien. Bizarre...

Les marmonnements se poursuivent.

— Nathan, je ne voudrais pas avoir l'air de celui qui ne se mêle pas de ses affaires, mais c'est ton tour de garde, il me semble.

— Oui. Mais pourquoi me dis-tu cela ?

— Eh bien, il faudrait peut-être se remuer, aller voir ce qui se passe.

Nathan et Laurier se lèvent et s'approchent furtivement de la tente où Zack est endormi. Ils longent le mur de toile et se placent tout près du dormeur. Ils tendent l'oreille et attendent, en silence.

Deux minutes à peine s'écoulent avant que les marmonnements ne reprennent. Cette fois, ils parviennent à entendre certains mots. Zack parle en dormant.

— ... s'avance vers le but... perd la rondelle... Plus que quelques secondes...

— Ça alors ! chuchote Laurier. Savais-tu que Zack parlait en dormant ?

— Non, pas du tout, répond Nathan en souriant. Mais...

Le défenseur laisse sa phrase en suspens. Leur capitaine vient de reprendre ses marmottements. Ils l'écoutent encore pendant quelques instants avant de quitter leur poste de guet, pris d'un fou rire presque incontrôlable. Alors qu'ils retiennent leurs gloussements en s'éloignant du campement, Nathan a une idée... qu'il gardera jalousement secrète, pour l'instant. Une chose est certaine : Zack n'en a plus pour longtemps avant de dévoiler les secrets les plus intimes de son journal... intime.

Le tour de garde de Nathan se termine quelques minutes plus tard. Laurier s'éclipse. Joey, réveillé par les rires, rejoint Félix-Olivier pour son tour de vigie. Nathan retrouve sa tente et se couche tout près de son cousin. Le défenseur s'endort, un sourire imprimé sur le visage, et rêve à la manière de mettre en action le plan qu'il vient d'élaborer.

CHAPITRE 11

De retour
à l'entraînement

Les deux équipes reprennent activement l'entraînement. Jean-Roch est content de retrouver ses joueurs en bonne santé et confortables dans leurs espadrilles! Lors de la dernière séance, la rudesse avait été permise entre les jeunes. C'est la première chose que les coéquipiers des BQR réclament à leur retour au jeu, mais cette demande leur est catégoriquement refusée. Une commotion cet été, bien que simulée, est largement suffisante! La réponse de Jean-Roch est fermement appuyée par les mères, surtout par Anne-Marie, qui n'a pas l'intention de revivre une telle frayeur. D'ailleurs, elle et Alain n'ont pas encore digéré la blague de leur fils et espèrent lui rendre la monnaie de sa pièce un jour.

Aujourd'hui, Jean-Roch décide d'assigner officiellement les positions à ses joueurs. Chez les BQR, Joey sera le gardien de but, comme à son habitude. Les duos d'attaque seront formés de Zack et de Maude, ainsi que de William et de Félix-Olivier. À la défense, Nathan évoluera aux côtés de Laurier. Naomi, qui délaisse son but, sera secondée par Luka. Chez les Experts, Mario officiera à titre de gardien de but, alors que Marc et Alain, de même que Sandra et Éric, se porteront à l'attaque. La défense sera constituée de Luc et d'Ève ainsi que de Jean-François et d'Andréa, les parents de la Rocketfille.

Une fois les équipes et les duos formés, Jean-Roch commence l'entraînement par une séance de jogging autour de la cour d'école, pour stimuler les muscles. Au coup de sifflet, tout ce beau cortège se met en branle et entreprend les cinq tours exigés. Cette distance, courte pour les jeunes, semble être des kilomètres pour certains Experts, vite essoufflés.

Nathan, qui effectue cet exercice en peu de temps, en profite pour s'installer près de sa tante Hélène.

— Dis, « matante », ça fait longtemps que Zack parle en dormant ?

— Des années, Nathan. Mais c'est moins fréquent maintenant. Quand il était petit, il parlait chaque nuit. Depuis qu'il a vieilli, il ne parle presque plus. Quand ça lui arrive, c'est souvent parce qu'il est nerveux.

— Ah bon ?

— Oui, avant un match important, par exemple, ou quand quelque chose le tracasse. Pourquoi demandes-tu cela, Nathan ?

— Ah, pour rien... répond-il d'un air nonchalant. Je ne m'en étais jamais aperçu.

— De deux choses l'une : ou tu dors trop profondément ou Zack est tourmenté par quelque chose. Aurais-tu une idée de ce que ça pourrait être ?

— Non, je ne vois pas. Merci pour l'information !

Nathan retrouve ses coéquipiers sur la surface de jeu. Les Experts ont bientôt terminé leur course d'échauffement, et Jean-Roch s'apprête à siffler le début de l'entraînement sur la « patinoire asphaltée ».

Une fois tout le monde désaltéré et installé au centre de la patinoire, Jean-Roch demande aux deux gardiens de but de se mettre en position, afin d'exercer leurs déplacements latéraux et de travailler la flexion de leurs genoux en se jetant au sol et en se relevant prestement. Ensuite, une pluie de lancers déferlera sur eux, qu'ils devront bloquer à l'aide de leur gant, de leur bloqueur, de leur bâton ou de leurs jambières, dans le cas d'un lancer au sol. Pour Joey, qui ressent une légère différence du fait qu'il porte des espadrilles plutôt que des patins, tout va bien. Mais pour Mario, l'entraîneur des Requins, c'est une tout autre histoire. Il se fatigue plutôt vite, ce qui le convainc d'une chose : demain, certains muscles dont il ignorait l'existence jusque-là lui feront horriblement mal. Ce premier exercice, d'une durée de quatre ou cinq minutes à peine, est suffisant pour le faire ruisseler de sueur. Et cela ne fait que commencer. Ses joueurs réguliers, tant sur le terrain qu'à l'extérieur, s'amusent de voir la tête du coach devenu cerbère le temps d'un été.

Jean-Roch poursuit l'entraînement avec ses joueurs d'attaque. Les paires étant déjà formées, elles doivent apprendre à travailler ensemble : visualisation du coéquipier sur l'aire de jeu, passes sur la palette, montées au filet et tirs bien placés sur le gardien. Les défenseurs, pour leur part, sont invités à s'adonner, à l'extérieur de la surface de jeu, à divers exercices physiques, sous la supervision d'Hélène, que le grand-père Laflamme a désignée comme entraîneuse-adjointe. Cette dernière s'amuse à exiger des redressements assis, des pompes et autres séries d'exercices tous plus ardus les uns que les autres.

Pendant que Mario et Joey bloquent les tirs des joueurs d'attaque, Jean-Roch analyse ses duos. Il est étonné par la qualité du jeu de Maude, qui n'a pourtant jamais fait partie d'une équipe. Elle et Zack sont toujours conscients de la position de l'autre sur le terrain, et toutes les passes sont bien réceptionnées. *Si le hockey virtuel réussit à lui donner tant d'habiletés, il serait peut-être bon que tous s'y mettent également!* se dit le grand-père. Même chose du côté de William et de Félix-Olivier qui réalisent de petites merveilles.

En ce qui a trait aux attaquants des Experts, soit Marc et Alain d'une part, Éric et Sandra de l'autre, ils s'en tirent un peu moins bien. La volonté est là, mais les résultats tardent à se concrétiser. Sandra, qui n'a jamais joué de sa vie, fait de son mieux, mais ses efforts ne sont pas couronnés de succès. Qu'à cela ne tienne, même si elle ne fait pas mouche à tout coup, la mère de Nathan garde le sourire. Elle n'est peut-être pas une pointeuse exceptionnelle, mais elle saura travailler d'arrache-pied pour permettre à son coéquipier de marquer les buts. De toute façon, c'est connu, une équipe est formée de bons marqueurs, mais également de bons passeurs.

Au bout d'une vingtaine de minutes d'exercices pour les joueurs d'attaque, et de musculation pour les défenseurs, Jean-Roch siffle une pause. Au retour, les joueurs d'attaque, de même que les gardiens de but, iront endolorir les muscles qui ont résisté jusqu'à présent aux assauts, pendant que les défenseurs, du moins certains d'entre eux, se présenteront d'un pas lourd sur l'aire de jeu pour un entraînement défensif. Quant à Hélène, elle brûle d'impatience de mettre les attaquants, et plus particulièrement ses deux hommes, à rude épreuve.

Quelques gorgées d'eau plus tard, Nathan, Laurier, Naomi, Luka, Luc, Ève, Andréa et Jean-François se retrouvent au centre de la surface de jeu, attendant les instructions de leur entraîneur qui, pour l'instant, semble le seul à être en possession de tous ses moyens. En guise de prélude, Jean-Roch se lance dans un discours sur les qualités essentielles d'un bon défenseur, c'est-à-dire : réagir de façon adéquate dans le déroulement du match, être capable de lire le jeu qui s'échafaude, être en mesure d'effectuer de bonnes sorties de zone, de faire de bonnes premières passes, couvrir son joueur, et protéger son gardien de but. Évidemment, dans le cas du hockey sur glace, on exigera du défenseur qu'il soit un bon patineur de reculons, mais cette compétence ne s'applique pas au hockey-balle.

Une fois le discours de l'entraîneur terminé, ce dernier déclare :

— Assez parlé ! Au travail !

— Grand-papa, j'ai les abdos en feu, nous pourrions donner le temps à quelques muscles de se reposer, dit Nathan en se frottant l'abdomen.

— J'appuie, dit Naomi. J'ai mal partout avec l'entraînement forcé de la mère de Zack. Vous auriez pu choisir une entraîneuse adjointe un peu moins exigeante, monsieur Laflamme !

— Elle s'en tire bien, rétorque Jean-Roch. Elle semble même prendre un malin plaisir à s'acquitter de sa tâche. Alors, nous les regardons travailler avec acharnement avant de nous remettre au travail ?

— Ouiiiii ! répondent les défenseurs.

— Parfait ! Reprise de l'entraînement dans cinq minutes pour tout le monde, conclut Jean-Roch, qui prend le temps de s'asseoir, lui aussi.

Il s'installe dans une chaise pliante inoccupée et sourit en regardant caporal Hélène pousser ses soldats. Plusieurs cris de douleur plus tard, l'entraîneur siffle et réclame toute son équipe au centre du terrain. Reprise de l'entraînement immédiatement.

Ainsi se déroulent les jours suivants. Jean-Roch et Hélène font travailler leurs joueurs d'arrache-pied un jour sur deux, ne leur accordant qu'une journée de congé entre chaque séance. Ils sont déterminés à ce que les BQR et les Experts fassent bonne figure lors du tournoi.

À la fin de chacun des exercices, ils se retrouvent autour de la piscine. C'est Ève qui prend la relève de ces rassemblements estivaux, et Hélène est contente de céder sa place. Elle reprendra son rôle cet hiver, quand l'eau du lac se sera transformée en une magnifique surface gelée.

D'entraînement en entraînement, les semaines finissent par s'écouler jusqu'à ce que Jean-Roch, pour clore cette période, déclare qu'un mini-match intergénérationnel se tiendra le samedi suivant. Cette partie aura lieu une semaine, jour pour jour, avant le fameux tournoi. De cette manière, les joueurs auront droit à une pause de cinq jours, après le match, pour se reposer, faire le plein d'énergie et se préparer en vue du premier tournoi de hockey-balle, qui s'annonce mémorable...

CHAPITRE 12

Le mini-match
des générations

PREMIÈRE PARTIE...

Le soleil se lève enfin sur le jour tant attendu où, une fois encore dans l'histoire de Rocketville, les enfants affronteront leurs parents. Dès l'aube, les joueurs des BQR sont attablés, chacun chez soi, de manière à favoriser une bonne digestion avant la rencontre de neuf heures. Dans plusieurs maisons, les parents dorment encore, accumulant le plus de sommeil possible, espérant ainsi être plus énergiques pour le match. Dans d'autres, ils sont éveillés, nerveux à l'idée de se mesurer à l'autre équipe, regrettant presque de s'être portés volontaires comme membres d'un club de hockey-balle – quelle idée folle! C'est le cas d'Andréa et de Sandra.

Dans sa grande maison, Jean-Roch savoure un café en écoutant les dessins animés, riant toujours, même après tant d'années, de voir le Coyote se faire prendre à ses propres pièges en voulant attraper le Road Runner. Il pense au tournoi qui commencera la semaine prochaine et au match amical d'aujourd'hui. Il est convaincu d'une chose : ces rencontres seront enlevantes, rien de moins! Et ce sera probablement le début d'une tradition rocketvilloise.

À huit heures trente précises, plusieurs voitures entrent en même temps dans la cour d'école, dans un synchronisme parfait, comme si chaque geste avait été répété des heures durant. Jean-Roch, déjà présent, assiste avec fébrilité à cette arrivée marquée et hors de l'ordinaire. Puis, d'un mouvement spontané, tous les conducteurs appuient ensemble sur leur klaxon, espérant produire l'effet d'une joyeuse fanfare. Pour nos futurs concurrents, ce tintamarre revêt les accents du plus beau des concerts. La partie va bientôt commencer!

Quelques minutes plus tard, après que les joueurs eurent lacé leurs espadrilles, attaché leur équipement de protection, que la mère et le père de Laurier se furent assurés, par deux fois, que la boucle de son casque était bien dans son attache, que toutes les salutations et prédictions sur l'issue de ce match eurent été faites, Jean-Roch appelle ses joueurs au centre de la surface de jeu. Il leur parle non pas comme l'arbitre du match ni même comme entraîneur... mais en tant que patriarche, fier de ses descendants.

— Je veux d'abord vous féliciter. Durant ces dernières semaines, vous avez pris votre préparation très au sérieux, malgré les difficultés. Vous vous êtes donnés corps et âme.

Jean-Roch les regarde droit dans les yeux avant de poursuivre :

— Maintenant, le grand jour est arrivé. Vous, les pères, vous pouvez prouver à vos enfants la véracité de ce que vous leur racontez depuis qu'ils sont petits : votre talent, la qualité de votre tir du poignet, la précision de votre lancer, etc. Vous, les mères, vous pouvez leur prouver que, quand vient le temps de jouer au hockey, eh bien, vous en êtes capables.

Jean-Roch prend une pause et sourit.

— Quant à vous, les enfants, vous pouvez prouver à vos parents que, en patins ou en espadrilles, ils ne font pas le poids.

— Je suis partant. Mon père prétend qu'il avait le meilleur tir de son équipe, autrefois, déclare Laurier. J'ai bien hâte de le voir à l'œuvre.

— Bon, tous à vos bancs respectifs! lance Jean-Roch. Je veux les premières paires d'attaquants et de défenseurs sur le terrain dans moins de deux minutes. Les gardiens, dans vos buts, et soyez prêts.

— Grand-papa, intervient Zoé de sa voix aiguë, deux minutes, ça ne me donne pas le temps de leur servir un verre d'eau...

— On va prendre le temps pour tes bouteilles, Zoé. Tu peux nous les apporter, dit Zack.

— Les bouteilles? Quelles bouteilles?

— Celles que nous avons oubliées dans le coffre de la voiture, ma belle, dit son père. Tu pourrais peut-être aller les chercher.

— Zack a dit que j'étais la *porteuse* d'eau, pas *l'apporteuse*!

L'équipe s'esclaffe. Grand-papa Jean-Roch offre son aide à la demoiselle en détresse, qui accepte aussitôt. Zoé, Hélène et Jean-Roch disparaissent pour aller chercher le précieux liquide, pendant que les joueurs décident entre eux de l'alignement de départ.

Quelques minutes plus tard, une fois tous ces beaux joueurs hydratés, prêts à s'élancer derrière la petite balle orange[4], et les spectateurs installés dans leur chaise pliante, la première mise au jeu est donnée. Elle oppose Zack — dont le duo formé avec Maude a été désigné pour commencer

---

4 Le hockey-balle se joue avec une balle orange, alors que le hockey COSOM se joue avec une balle de plastique blanche trouée. On appelait le hockey d'intérieur hockey COSOM en raison de la première compagnie (Cramer) à avoir commercialisé des vêtements pour le hockey d'intérieur. La marque de commerce était COSOM.

le match – à Marc, son père, et Alain, celui de Laurier.

Jean-Roch laisse tomber la balle, et c'est Zack, vif comme l'éclair, qui s'en empare avant de partir à toute vitesse. Marc n'a presque pas le temps de voir ce qui se passe. Alain a heureusement déjà pris en chasse le jeune attaquant. Zack aperçoit Maude courir vers le but adverse. Elle déjoue habilement Ève et semble inaccessible pour Luc, posté trop loin. Zack effectue un tir en direction de Maude qui attrape la balle, comme le dira un peu plus tard Laurier, « les doigts dans le nez » ! L'attaquante des BQR pivote pour se diriger vers le gardien adverse et décoche un tir que Mario, bien piteux dans son filet, ne peut arrêter. C'est un à zéro pour les BQR. Zack sourit de toutes ses dents à son acolyte, lui adressant même un clin d'œil. Petit geste qui passe inaperçu pour presque tout le monde. Mais Maude, dont le cœur bat déjà à tout rompre en raison de l'effort, s'emballe en voyant le signe d'affection de son coéquipier. Le jeu reprend et, cette fois, c'est Maude qui est désignée pour la mise au jeu. Elle perd la balle aux mains d'Alain, son adversaire, mais lutte féroce-ment les deux minutes suivantes. On effec-tue les changements de duos, et le match se poursuit.

Tous travaillent d'arrache-pied pen-dant plusieurs minutes. Les changements de formations se font plus souvent chez les Experts, les joueurs s'essoufflant davan-tage que les BQR... À trois minutes de la fin de la première moitié de la rencontre, les Experts réalisent un beau jeu et marquent un but. Éric, qui a réussi à sou-tirer la balle à William, file en direction du but adverse. Il trouve Naomi sur son pas-sage, qui parvient à lui faire perdre le contrôle de la balle. Cette dernière dévie, on ne saurait trop dire comment, et roule directement sur la palette de Sandra qui court, du mieux qu'elle peut, pour que le jeu se poursuive... En voyant arriver sa mère, Nathan est pris d'un fou rire incon-trôlable. Au moment où celle-ci passe près de lui, il se tient les côtes, oubliant de l'arrêter. Bien en selle devant ses buts, Joey tente de rester concentré, mais il se laisse distraire par la scène qui se joue devant lui. Sandra perce la défensive et, d'un lancer si lent et si peu maîtrisé qu'un gardien de but de quatre ans aurait pu le bloquer, déjoue la pieuvre qui, pris de court, n'a pu réagir. Ce but, le plus imprévisible qui ait été compté dans l'histoire du hockey à Rocketville, restera gravé à jamais dans la mémoire de ceux qui auront assisté à l'événement. Comme quoi il n'est jamais bon de relâcher sa vigilance, même devant une hockeyeuse de si peu de talent... Une humiliation profonde pour les BQR, qui rentrent la tête dans les épaules ! Les parents ont le droit de se réjouir. Le compte est d'un à un. Le premier tiers s'achève sur cette note.

On décide de s'accorder cinq bonnes minutes de pause avant de recommencer. Ce répit donne aux joueurs exténués le temps de se reposer, et surtout de se remémorer l'exploit de Sandra et la manière dont elle s'y est prise. Zoé, toujours contente du travail qu'on lui a attribué, se promène sur le terrain en criant :

— Bouteille d'eau ! Bouteille d'eau ! Qui veut une bouteille d'eau ?

Décidément, la sœur de Zack prend son travail au sérieux, et les rires qu'elle provoque viennent s'ajouter à ceux causés par le style de jeu pittoresque de la mère de Nathan.

Jean-Roch siffle la reprise du match. Les dix minutes réglementaires du deuxième tiers vont commencer. Les joueurs des BQR sont prêts à reprendre les hostilités. Du côté des Experts, cependant, l'enthousiasme s'est quelque peu refroidi en même temps que les douleurs ont commencé à se faire sentir au niveau musculaire. Certains, en bonne forme, sont déjà debout, mais pour d'autres, la levée du corps se révèle éprouvante. Les cris de joie font peu à peu place aux soupirs de découragement.

Jean-Roch appelle ses joueurs d'attaque au centre de la surface pour la mise au jeu. Zack affronte de nouveau son père, qui a bien l'intention, cette fois, de ne pas se laisser surprendre par la rapidité de son fils. Marc dépose la palette de son bâton sur l'asphalte, toisant férocement son opposant. Celui-ci lui sourit, l'air de dire : « Voyons, papa, tu sais bien que tu n'y arriveras pas. Je suis plus rapide, c'est évident. » Marc s'en moque. Il est prêt et il a retrouvé son assurance, car, à la pause, il a mis sa stratégie au point avec Alain. Jean-Roch laisse tomber la balle orange.

Immédiatement, Marc repousse son fils d'un bras et, de l'autre main, bloque son bâton contre le sien. Pendant que les deux Laflamme luttent pour la boule, Marc la pousse du pied vers son coéquipier. Comme prévu, Alain se saisit du projectile et s'élance en direction de la défensive adverse. Laurier, voyant son père foncer vers lui, se prépare à réagir à sa feinte, mais, à sa grande surprise, Alain freine brusquement. Il a les yeux posés sur son fils, mais le regard absent. Laurier s'adresse à lui, mais n'obtient pas de réponse. Soudain, tout est silencieux. C'est du moins ce que perçoit Laurier. Puis, au bout de quelques secondes, son père laisse choir son bâton sur le sol et s'écroule devant son fils, presque au ralenti. Anne-Marie, voyant son homme s'effondrer, ne peut s'empêcher de s'approcher de la scène en courant. Elle crie :

— Alain, Alain !

Elle s'agenouille à ses côtés, les larmes aux yeux.

— Alain? s'étonne Jean-Roch Laflamme.

— Maman, qu'est-ce qui se passe? demande Laurier, paniqué.

— Ton père est malade depuis quelque temps, répond Anne-Marie. Son docteur lui a dit de se ménager, mais tu le connais. Un tournoi de hockey, il ne pouvait pas passer à côté. Alain, reprend-elle. Réponds-moi.

— Avoir su, je ne l'aurais jamais laissé jouer, déclare Jean-Roch.

— Mais de quelle maladie parles-tu, maman?

— On ne voulait pas t'affoler. C'est peut-être juste un coup de chaleur. Foutue bactérie!

— On ferait tout de même mieux d'appeler une ambulance, propose Marc.

— Bonne idée! dit Jean-Roch. On ne rigole pas avec les bactéries.

— S'il vous plaît, faites-le sans tarder. Alain! poursuit Anne-Marie, réveille-toi.

— Je m'occupe de l'ambulance, déclare Éric. Vous tous, reculez. Alain a besoin d'air. Seuls Anne-Marie et Laurier peuvent rester près de lui.

Laurier sent les larmes lui monter aux yeux devant la réelle panique qui s'empare de sa mère. Il se rappelle avoir fait peur à ses parents et à tous les autres avec son histoire de commotion, et comprend qu'il n'aurait pas dû faire durer la plaisanterie. On ne fait pas de blague avec la santé des gens qu'on aime.

— Papa, réveille-toi, s'il te plaît.

Toujours aucune réponse. Son père reste inerte sur la surface de jeu. On entend les sirènes de l'ambulance.

— Les secouristes seront là dans un instant, lance Éric. Ils m'ont dit de rester éloigné quand j'ai mentionné qu'il pouvait s'agir d'une bactérie. Ordre de ne pas s'approcher.

Tout à coup, c'est au tour de Marc de s'effondrer sur le sol, puis d'Ève, de Zack, de Nathan, de William. Laurier sent la terreur monter en lui. Ses amis et les adultes tombent comme des mouches.

— Anne-Marie, qu'est-ce qui se passe ? demande Éric, avant de s'effondrer lui aussi.

Heureusement, moins de trois minutes plus tard, l'ambulance est sur place. Deux ambulanciers, dont la moitié du visage est recouvert d'un masque, émergent du véhicule et se dirigent vers Alain. L'ambulance est suivie d'une voiture de police, ainsi que d'une autre voiture banalisée de laquelle sortent deux hommes en noir.

— Écartez-vous, s'il vous plaît, demande un secouriste. La bactérie a muté. Il est probablement contagieux.

— De quelle bactérie parlent-ils, maman ? s'enquiert Laurier en se retournant vers sa mère. Maman ?

Anne-Marie ne répond pas. Elle est également étendue sur le sol, inconsciente.

— Qu'est-ce qu'ils ont tous ? interroge Jean-Roch.

Le secouriste reprend :

— Vite, il me faut de l'oxygène et une grande quantité d'eau. C'est le seul remède pour tous ces patients.

— Qui veut de l'eau ? Bouteille d'eau ! s'écrie Zoé, toujours consciente.

L'un des ambulanciers se dirige vers le véhicule et revient avec une énorme cruche d'eau du type de celles qu'on voit sur les machines distributrices. Il la décapsule et la tend à son confrère placé près d'Alain, toujours inerte au sol.

— Wow ! s'écrie Zoé en voyant l'énorme cruche. J'en veux une comme ça !

— L'heure est grave, ma puce. Éloigne-toi, lui ordonne son grand-père.

Les ambulanciers s'affairent toujours autour d'Alain. L'un d'eux verse une poudre de couleur dans la cruche. L'eau se teinte d'un rouge très vif.

— Toi, tu viens avec moi, déclare un homme en noir en approchant de Laurier. Et vous aussi, ajoute-t-il en faisant signe à Jean-Roch Laflamme. Vous allez immédiatement être dirigés vers une zone de quarantaine.

— Pourquoi ? Je veux rester avec mon père.

— Impossible pour le moment. Nous devons nous assurer de contenir la contagion. Pour ce faire, nous devons vous isoler. Allez, ne discutez pas.

— Un instant, déclare l'un des ambulanciers. Je vais avoir besoin d'eux.

L'homme en noir acquiesce d'un hochement de tête et libère l'adolescent et le grand-père.

— Viens ici mon gars. Ton père doit absolument boire de ce liquide. C'est le seul moyen de le sauver. Je vais donc te demander de lui soulever le haut du corps et de lui tenir la bouche entrouverte. Tu peux faire ça ?

— Oui, monsieur, acquiesce Laurier en hoquetant. Pas de problème.

— Vous allez devoir donner un coup de main également, monsieur, poursuit l'ambulancier à l'attention de Jean-Roch Laflamme. Un corps inerte est toujours plus lourd à soulever. Le jeune homme n'y arrivera pas tout seul.

— Pas de souci ! lance Jean-Roch en se rapprochant d'eux.

Une fois l'adolescent et l'aîné en place, l'ambulancier agenouillé près du corps d'Alain se retire. Son collègue, la bouteille dans les bras, déclare :

— Si vous êtes prêts, j'envoie la gorgée.

— Prêts ! crient en chœur Laurier et Jean-Roch.

— Eh bien moi pas ! fait Alain, en ouvrant les yeux.

Devant la surprise, Laurier et Jean-Roch restent bouche bée. Ce qui donne tout juste le temps à Alain de s'extirper de leurs bras. L'ambulancier n'a plus qu'à verser le contenu de la cruche sur les deux comparses.

Tout le monde se réveille au même moment et se moque gaiement de la super-cherie.

— La maladie dont je suis atteint, fiston, c'est l'envie folle de vous faire payer, à toi et à monsieur Laflamme, l'horrible blague d'il y a quelques jours. Disons que je suis atteint d'un « arroseur arrosé aigu » et que je vous ai bien eus.

Laurier et Jean-Roch ne peuvent que s'incliner devant le tour qui leur a été fait.

En bons joueurs qu'ils sont, ils reconnaissent qu'ils ont mérité d'être victimes de cette farce dont le déploiement était assez spectaculaire.

— Et tout le monde était d'accord avec moi. Nous avons eu bien du plaisir à monter ce coup.

— Vous m'avez eu.

— J'espère que tu en retiens une leçon, fiston, dit Anne-Marie.

— J'ai compris. Je ne jouerai plus la comédie en feignant d'être malade.

— J'en tire également une leçon, et même deux, dit à son tour Jean-Roch. La première : on ne rigole pas avec la maladie. La deuxième : c'est que le jus en poudre, ça colle drôlement. Je me sens comme un Mr. Freeze qui a fondu.

— C'est effectivement dégueu, monsieur Laflamme... ou devrais-je dire, monsieur Freeze ? demande Laurier.

CHAPITRE 13

Le mini-match des générations

... LA SUITE

— Allez, il est temps de reprendre ce match où nous l'avons laissé. Si je me souviens bien, j'étais sur le point de te déjouer, jeune homme, poursuit Alain à l'attention de Laurier. Tout le monde en place.

Moins d'une minute plus tard, chacun a retrouvé son poste. La mise au jeu est donnée. Règne un sentiment de déjà-vu. Marc repousse son fils comme il l'a fait tout à l'heure. Les deux Laflamme luttent pour la boule, Marc parvient à la pousser du pied en direction de son coéquipier. Comme prévu par leur plan échafaudé plus tôt, Alain s'empare du projectile et s'élance en direction de la défensive adverse. Laurier, voyant son père foncer vers lui, se prépare à réagir à sa feinte, mais, à sa grande surprise, son père freine brusquement. Alain est toujours en possession de la balle. Il se dirige de l'autre côté de la surface de jeu. Nathan, occupé à couvrir son propre joueur, s'aperçoit un peu trop tard de l'espace qu'il laisse à découvert. Alain passe en coup de vent et poursuit sa course en direction de Joey, qui n'a pas l'intention, cette fois, de se laisser déjouer. L'attaquant des Experts commence à s'essouffler et est rattrapé par Laurier qui, d'un coup de bâton, arrive à libérer la balle. Celle-ci reste abandonnée quelques instants à peine puisque Maude, complètement oubliée sur le jeu par la défensive adverse, la récupère et la fait rouler en direction de Zack, posté à la sortie de la zone adverse. L'attaquant des BQR bondit à toute vitesse, laissant Andréa et Jean-François, les défenseurs, mordre la poussière. Il tente une échappée. Mario, connaissant les talents de son capitaine en saison régulière sur la glace, se doute bien que celui-ci réussira à compter. L'entraîneur des Requins fait de son mieux, mais il se sait vaincu d'avance.

Un deuxième but est marqué par les BQR, un exploit du même duo d'attaque formé de Maude et de Zack. Décidément, ces deux-là font la paire ! Hors des limites du terrain, on applaudit le jeu spectaculaire des BQR. Sur la patinoire, Marc, Alain, Luc et Ève reprennent leur souffle, pendant que Zack et ses coéquipiers lèvent les bras au ciel en signe de victoire. Ils se dirigent ensuite vers le banc pour un changement de duos. En s'assoyant, Zack prend Maude par les épaules et lui glisse à l'oreille :

— Tu as été géniale ! On dirait que nous sommes faits pour nous entendre...

Au regard que lui lance la jeune fille, le capitaine retire son bras :

— Je veux dire sur le terrain, reprend Zack, gêné par le silence de son amie.

Les deux adolescents se sourient. Ils reviennent à la réalité en entendant les cris de joie de leurs coéquipiers. Un autre but a été marqué par les BQR.

Le deuxième tiers se termine peu après, par la marque de trois à un pour l'équipe « jeunesse ». On prend une pause. Sans surprise, les joueurs des Experts réclament, ou plutôt exigent, dix minutes. Ce qui leur est accordé. Zoé exulte, elle aura plus de temps pour jouer à la porteuse d'eau.

— Bouteille d'eau ! Qui veut de l'eau ?

Pour son plus grand bonheur, les clients se font nombreux.

Jean-Roch annonce le début du troisième tiers, et les quelques acclamations de la première période se changent cette fois-ci en lamentations. Félix-Olivier propose qu'on raccourcisse le temps de jeu du dernier tiers à cinq minutes au lieu de dix. Proposition rapidement acceptée.

Plusieurs joueurs reprennent la direction du terrain en claudiquant, d'autres en riant. Laurier y va d'une prédiction.

— Les amis, à voir les parents, je vous prédis que le pharmacien va faire des affaires en or demain !

Le dernier tiers se joue de peine et de misère. Les muscles plus qu'endoloris et la figure aussi cramoisie que la balle, les

Experts abandonnent. La semaine de repos avant le tournoi officiel sera la bienvenue. Les adolescents, quant à eux, sont déjà en train de planifier un match pour le lendemain, histoire de peaufiner leur jeu. Et cette fois, c'est Félix-Olivier qui lance le rendez-vous, devoir de capitaine oblige. De toute façon, Zack semble occupé à discuter dans son coin avec sa moitié de duo... Pour Nathan, il est temps de passer à l'action.

CHAPITRE 14

La vérité sort de la bouche... du dormeur

Après le match, les adolescents décident d'aller se rafraîchir dans la piscine de la pieuvre. Ève accepte, à condition de ne rien avoir à faire, pas même le dîner. Les parents acquiescent et paieront le repas au besoin. Les adultes et les jeunes prennent la direction de la maison des Tremblay.

Le reste de la journée, ils folâtrent dans l'eau. Joey voudrait inviter ses amis à dormir à la maison, mais il essuie un refus catégorique. Pas de nuit à la belle étoile ce soir. Zack et Nathan échafaudent tout de même des plans et conviennent que l'attaquant dormira chez le défenseur. Nathan s'en réjouit secrètement.

La journée se passe à plaisanter et à nager, mais la fatigue finit par les gagner,

Experts et BQR compris, et on se dit au revoir en fin d'après-midi. Tous prennent la direction de leur maison sauf Zack, qui s'en va chez son cousin Nathan.

On se restaure d'un souper vite préparé par Sandra, éreintée par le match de l'avant-midi. Elle a beau avoir épousé un joueur de hockey et en avoir mis un autre au monde, elle constate qu'elle est de loin meilleure spectatrice que joueuse. Elle excelle dans les encouragements, mais beaucoup moins sur la surface de jeu. Le tournoi auquel elle participera le week-end prochain sera son premier et son dernier, parole de maman !

Les garçons jouent au hockey sur table ou avec leur bâton miniature toute la soi-rée, assis par terre, dans la chambre du défenseur. Même s'ils sont au secondaire et qu'ils ont passé l'âge de s'adonner à ces jeux d'enfant, ils demeurent avant tout des passionnés de leur sport. Qu'il soit sur la glace, en espadrilles, dans un espace vir-tuel, sur table ou assis par terre, le hockey reste du hockey !

Vers vingt et une heures, alors que les parents s'installent au salon pour regarder un épisode d'une série populaire, les garçons manifestent leur faim. Sandra, dont les jambes sont très engourdies et les mollets durs comme de la brique, résiste difficilement à l'attraction du sofa. Elle prétexte qu'il se fait tard pour manger, que la digestion se fera difficilement et qu'ils feront de mauvais rêves. Sa réponse fait sourire Nathan, dont le but inavoué est justement de troubler le sommeil de son cousin. Les garçons insistent avec vigueur, et leur requête est finalement acceptée, mais à deux conditions : ils mangeront léger et prépareront eux-mêmes leur encas. Ainsi, après avoir enduit de beurre d'arachide trois ou quatre gaufres, les deux adolescents, repus, retournent à leurs occupations.

Le reste de la soirée se passe sans que rien de spécial vienne la perturber. Vers vingt-deux heures trente, Sandra et Éric demandent aux garçons d'aller se coucher. Il est assez tard. En temps normal, Nathan se cabrerait à l'idée de se mettre au lit aussi tôt, arguant que c'est une heure qui sied à un novice et non à un joueur de calibre bantam, mais pas ce soir.

Les garçons s'installent pour la nuit. Le capitaine des Requins trouve rapidement le sommeil alors que le défenseur, lui, fait tout pour rester éveillé. Au bout de quelques minutes, la respiration de Zack se fait plus régulière. Nathan patiente encore un peu. Puis, il entre en scène.

— Zack, tu dors ?

Pas de réponse. Nathan s'assoit dans son lit. Il décide d'y aller de quelques questions d'usage.

— Comment t'appelles-tu ?

— Zack Laflamme.

Nathan n'en croit pas ses oreilles. Son cousin a répondu volontairement et véridiquement. Il y va d'une question plus personnelle.

— Zack, est-ce que tu as un équipement un peu particulier ?

— ...

Parfait. Nathan poursuit son enquête, en digne fils de chef de police qu'il est :

— Zack, as-tu un journal intime ?

— Oui.

— On te l'a volé dernièrement, n'est-ce pas ?

— Oui. J'ai eu peur.

— Peur de quoi ?

— Que Nathan découvre ce que j'ai écrit dedans.

— Pourquoi ?

— ...

Zack se retourne dans son lit. Nathan interrompt son interrogatoire et reprend quelques instants plus tard :

— Pourquoi as-tu peur que Nathan se fâche, Zack ?

Le cousin demeure coi. Paniqué, Nathan se lance :

— Zack ? Veux-tu arrêter de jouer au hockey ?

— Non ! Je veux jouer... dans la Ligue nationale.

— Alors quoi ? Qu'est-ce qui te fait peur ? demande encore Nathan.

— Je suis amoureux...

— Amoureux ?

— ... de Maude.

Maude, son ex-petite amie. Nathan continue son interrogatoire.

— As-tu l'intention de dire à Maude que tu l'aimes ?

— Non.

— Et pourquoi pas ?

— Je ne veux pas faire de peine à Nathan.

Nathan reste bouche bée une fois de plus. Il est honoré du respect que Zack lui témoigne.

La conversation nocturne est terminée. Nathan détient l'information qu'il voulait ! Décidément, cet été se passe sous le signe des commotions. D'abord, la fausse commotion de Laurier, ensuite, la blague d'Alain en guise de riposte à son endroit et, maintenant, cette nouvelle étourdissante...

Nathan pensait dormir à poings fermés une fois informé du contenu du journal intime de son cousin, mais il reste éveillé. Le défenseur réfléchit. Une autre personne, une seule, connaît le contenu du journal de Zack : Laurier. Nathan sait qu'il pourrait aussi compter sur Naomi pour forcer le capitaine à se déclarer. Après tout, Maude est sa meilleure amie. Pour le reste, il avisera.

Le défenseur s'endort, le sourire aux lèvres. S'il était passionné de baseball, il dirait que la balle est dans son camp, mais étant un joueur de hockey, il dira qu'il doit percer la défensive de son cousin afin de l'aider à compter.

CHAPITRE 15

Une semaine décisive !

À leur réveil, les garçons sont en pleine forme. Nathan propose à Zack d'appeler leurs amis. Proposition acceptée. Quelques coups de fil plus tard, tous conviennent de se rejoindre au parc municipal, aux alentours de dix heures. Bien qu'ils aient hâte de se retrouver, Nathan se montre le plus impatient, car il espère discuter avec Laurier et Naomi du plan qui commence à germer dans sa tête.

Une fois le petit-déjeuner englouti, les cousins prennent la direction du point de rencontre. Ils arrivent presque en même temps que leurs amis. Nathan remarque immédiatement la présence de Laurier et de la Rocketfille, tandis que Zack note surtout celle de Maude, qui lui sourit de toutes ses dents.

Alors qu'on discute de tout et de rien, Nathan emmène ses deux futurs complices à l'écart du groupe.

— Les amis, je sais ce que contient le journal de Zack.

— Ah oui ! Et comment peux-tu être au courant, Nath ? interroge Naomi.

— Facile ! J'ai questionné Zack et j'ai obtenu les réponses que je voulais.

— Mais qu'est-ce qui a pu décider Zack à te livrer ce qui semble être son plus grand secret ? demande Naomi, intriguée.

— Eh bien, il me l'a avoué sans vraiment s'en rendre compte.

— Je pense que je vois où tu veux en venir, Nath, dit Laurier à son tour.

— De quoi discutez-vous, les garçons ? demande Naomi.

— Zack parle pendant son sommeil, commence Laurier.

— On s'en est aperçus, l'autre jour. C'est génial ! J'avais enfin un moyen de connaître le contenu du journal intime de Zack, mais je n'étais pas certain que mon plan fonctionnerait.

— Tu as donc sauté sur l'occasion, poursuit Laurier.

— Tu ne croyais tout de même pas que j'allais laisser passer une occasion pareille.

— Les garçons, vous êtes horribles, déclare Naomi.

— Je dirais plus intelligents... ou machiavéliques, Nao, répond Laurier.

Nathan explique comment il s'y est pris pour faire parler Zack, puis annonce à Naomi que Zack est amoureux de Maude.

— Zack ne voulait pas se confier à moi, de peur de me faire de la peine.

— Et en as-tu, de la peine? interroge encore Naomi.

— Pas du tout! Et je ne vois pas pourquoi Zack devrait se priver d'une relation simplement parce que la mienne n'a pas duré. Qu'en penses-tu, Naomi? Maude, c'est ta meilleure amie. Tu dois savoir si Zack l'intéresse.

Naomi répond candidement...

— Nath, elle n'en parle pas, et pour les mêmes raisons que Zack.

— Qu'est-ce qu'ils ont tous à ne pas vouloir me blesser ?

— Qu'est-ce que tu en penses, Nathan ? intervient Laurier. Vu la manière dont tu te comportais quand tu étais amoureux, nous avons le droit de croire que la situation tournera mal si ton « ex » a un nouveau copain et surtout si c'est avec ton cousin.

— Oh, assez avec cette histoire ! J'ai fait l'imbécile et j'ai compris. Maintenant, j'ai le goût de venir aider Zack. Le pauvre, il est effrayé à l'idée de me déplaire.

— Maude est folle de Zack, affirme Naomi.

— Les amis, poursuit Nathan, j'ai besoin de votre aide.

— Pour quoi faire ? demande Laurier.

— Pour que Zack déclare sa flamme à Maude, dit Naomi.

— Ta blague est bien bonne, Nao, lance Laurier.

— Quelle blague ?

— Zack Laflamme a besoin d'aide pour déclarer sa flamme...

— Un peu de sérieux. Je propose d'organiser des événements qui les rapprocheraient...

— Tu te prends pour Cupidon, Nathan ? fait Laurier.

— Si on veut. Est-ce que je peux compter sur vous ?

— Bien sûr ! approuvent en chœur Nao et Laurier.

Sur ce, les trois amis baissent le ton. Nathan explique le plan qu'il a échafaudé. Puis les trois complices retrouvent leurs amis et attendent le moment propice pour mettre leur manœuvre en branle.

La journée se déroule comme d'habitude. Personne ne semble avoir remarqué ce qui se trame du côté de Nathan, de Laurier et de Naomi. Quand tous se quittent pour rentrer chez eux, nul ne sait ce que les jours à venir leur réservent... Les trois compères, quant à eux, ont déjà convenu de se retrouver le soir même chez la Rocketfille. L'opération « La flamme de Laflamme » commence demain, et ils ont du pain sur la planche.

Le lendemain matin, au réveil, Naomi se met immédiatement au travail. Hier soir, avec ses acolytes, elle a créé deux nouvelles adresses courriel anonymes, Roucouleur et Roucouleuse. Officiellement chargée du courrier du cœur, la Rocketfille rédige son premier message à l'intention de Zack :

Beau capitaine,

Voilà déjà quelques mois que je t'ai remarqué, et mon cœur bat la chamade chaque fois que je te vois. Je te trouve vraiment mignon, et plus encore après un match, alors que tu as les joues rougies par l'effort. J'ai déjà hâte à notre prochaine rencontre. À bientôt, beau brun...

Après avoir appuyé sur la touche d'envoi, elle ouvre le courriel du Roucouleur et fait filer ses doigts sur le clavier :

Salut belle rouquine,

Je compte les minutes qui me séparent de notre prochaine rencontre. Je pense à toi et je te vois partout, même dans ma soupe et, plus encore, dans mes céréales puisque, ce matin, ton nom flotte bien en vue dans mon bol d'Alpha-Bits...

À bientôt !

Naomi a à peine le temps de fermer son ordinateur que le téléphone sonne chez elle. C'est son amie Maude qui trépigne à l'autre bout du fil.

— Naomi, tu ne devineras jamais ce qui m'arrive !

— Non. Qu'est-ce qui se passe ?

— Je ne saurais trop te dire. Je viens de recevoir un courriel vraiment bizarre.

— Et tu ne sais pas de qui il s'agit ?

— Aucune idée, Nao, le message est anonyme, mais je donnerais n'importe quoi pour que ce soit Zack.

La conversation se poursuit. Quelques minutes plus tard, le téléphone sonne chez Nathan. Ce dernier vient de se réveiller et a encore les yeux embués de sommeil. Zack, son cousin, le tire rapidement de sa léthargie.

— Nath, tu ne devineras jamais ce qui m'arrive !

— Probablement pas, mais j'imagine que ça doit être important pour que tu me téléphones aussi tôt, un jour de vacances.

— Tu n'as pas idée! Je viens de recevoir un courriel d'une fille...

Nathan sourit en entendant son cousin lui en donner le détail.

Les deux conversations se poursuivent dans les maisons respectives, et les acolytes s'efforcent de garder leur sérieux.

Pendant ce temps, Laurier, le troisième comparse, est lui aussi au travail. Après avoir englouti son petit-déjeuner, il enfourche sa bicyclette et pédale à toute vitesse en direction de la maison de Maude, puis de celle de Zack. Devant chacune d'elles, il dépose un colis. Après s'être assuré que personne ne l'a vu, il retourne chez lui et attend un appel de ses copains pour planifier les activités de la journée. C'est Zack qui lui donne rendez-vous au parc, aux alentours de treize heures. Son ami ne lui glisse aucun mot sur les événements bizarres survenus ce matin.

À l'heure convenue, les amis se rejoignent au parc. On décide de passer la journée dans les bois environnants.

Alors qu'ils s'y rendent tous d'un pas décidé, Maude ralentit le sien pour rester un peu à l'écart avec Naomi. Zack fait de même lui aussi, mais avec William, Laurier et Nathan. Maude en profite pour expliquer à son amie un autre événement bizarre qui s'est produit au début de la journée : alors qu'elle sortait de la maison, un colis, qui lui était adressé, traînait sur le seuil de la porte. À l'intérieur se trouvait une photo d'une top-modèle, au verso de laquelle était inscrit : « Même les plus belles filles au monde ne t'arrivent pas à la cheville. » De son côté, Zack explique sensiblement la même chose à ses amis et à son cousin. Un colis trônait sur le pas de sa porte. À l'intérieur se trouvait un mini-bâton de hockey sur lequel on avait peint : « Zack le magnifique ! »

— Ça alors ! commence Laurier, quelqu'un te compare à Mario le magnifique. C'est vrai que tu es bon, Zack, mais de là à te comparer à Mario Lemieux...

— Je ne crois pas qu'il soit question de comparaison ici, les gars, déclare Nathan. J'ai plutôt l'impression qu'il y a quelque part une petite mademoiselle qui trouve Zack beau à croquer...

— Qu'est-ce que tu veux dire ? demande William.

En deux mots, Zack explique à ses amis le courriel anonyme qu'il a reçu. Tous se perdent en conjectures. Les garçons sont interrompus par Naomi et Maude qui les rejoignent, leur conversation secrète à elles étant également terminée. Ils accélèrent le pas pour retrouver le reste de la troupe.

Ils flânent tout l'après-midi. Assis sous les arbres, ils discutent de tout et de rien, mais surtout du tournoi qui approche. Encore quelques dodos avant le jour fatidique.

Vers seize heures, il est temps de rentrer. Les estomacs gargouillent. De plus, il ne faut pas inquiéter les parents. Zack est de service ce soir. Il garde sa sœur. Ses parents ont une sortie. Il a invité son cousin à se joindre à lui. Le temps s'égrainera plus vite, et il sera plus facile d'amuser Zoé. Laurier et Naomi passeront la soirée ensemble à préparer les événements du lendemain.

À leur réveil le mardi matin, Maude et Zack ouvrent leurs ordinateurs respectifs et vérifient leurs courriels. Ils ont chacun reçu un nouveau message. Celui de Maude se lit comme suit : *Je t'ai vue hier alors que tu t'engouffrais dans la forêt. Le reflet du soleil sur tes cheveux était éblouissant. On surnommait Guy Lafleur le démon blond. Toi, tu es ma fleur de feu, et aucune autre ne t'égale...*

Le courriel de Zack, pour sa part, contient ces mots : *Les partisans du*

Canadien ont le CH tatoué sur le cœur. Toi, tu as volé le mien!

Décidément, cette situation est de plus en plus... exaltante.

Une autre journée s'écoule. Maude et Zack, chacun de leur côté, tentent d'éclaircir le mystère de ces courriels anonymes, mais peine perdue. Les trois acolytes, voyant que le plan se déroule comme prévu, décident de passer à l'étape suivante. Cette fois, ce sont les talents d'acteur de Laurier qui leur seront utiles. Tout sera écrit, enregistré et expédié ce soir.

Le lendemain matin, les trois complices dorment d'un sommeil de plomb. C'est qu'ils ont travaillé fort hier soir, mais surtout, ils ont bien ri. Le résultat est tout à fait à la hauteur de leurs attentes. Maude et Zack, quant à eux, sont debout très tôt. Ils ouvrent leurs boîtes de courriels. Maude espère y trouver un message ou encore un indice qui lui permettrait de découvrir l'identité de Roucouleur. Idem pour Zack, qui a l'intention de percer à jour cette Roucouleuse. Cette fois, pas de message écrit, mais plutôt un fichier sonore, le même pour les deux. La voix de la personne qui l'a enregistré a été déguisée, rendant impossible son identification. On entend tout d'abord le très célèbre thème musical de la série *Mission impossible*. Peu après, une voix déclame : *Ce message s'adresse à vous deux. Votre mission, si vous l'acceptez, est de sortir de l'ombre et d'étaler au grand jour vos sentiments. Roucouleuse et Roucouleur, quittez votre pigeonnier et passez aux choses sérieuses. Ce message s'autodétruira dans quelques secondes, tout juste le temps qu'il vous faut pour appeler vos amis respectifs et leur raconter ce qui vient de se produire...*

Maude et Zack agrippent le téléphone au même moment, sans le savoir. Naomi et Nathan le décrochent également de manière synchronisée, sachant très bien qui les appelle. Une chose est maintenant certaine, tant pour Maude que pour Zack : on essaie de les unir à une autre personne, mais à qui et pourquoi ?

Ce mercredi, comme les jours précédents, ils se retrouvent chez Joey à se prélasser dans sa piscine. Il ne reste que deux jours avant le début du tournoi.

L'heure est donc venue de mener la super-cherie un cran plus loin. Cette fois-ci, Nathan, Naomi et Laurier auront besoin de la coopération de leurs amis. Quelques instants avant que tous se quittent pour la soirée, Nathan y va d'une proposition. Il espère que l'enthousiasme débordant de son cousin pour le hockey le mènera exac-tement où il a l'intention de le conduire...

— Dites, les amis, si on se la coulait douce demain ?

— Que veux-tu faire au juste, Nathan ? demande immédiatement Zack.

— Nous pourrions passer la journée à jouer à des jeux de société. Nous nous ferions des hot-dogs sur le barbecue, rien de bien compliqué.

— Ce serait génial, Nath, intervient Laurier. Ça nous changerait de notre rou-tine habituelle. C'est dommage que tu n'aies pas une table de hockey comme Zack...

— Il a quand même un jeu vidéo, déclare à son tour Naomi.

— Eh bien, moi, j'ai les deux ! affirme Zack. Nous pourrions nous réunir chez moi. Mes parents seront d'accord, c'est certain. Et puis, nous serons au sous-sol. Nous ne dérangerons personne. Et comme nous mangerons dehors, nous ne transformerons pas la cuisine en bordel. Il faudra juste nous ramasser.

— Es-tu sûr? demande Nathan, un sourire en coin. Après tout, c'est mon idée.

— Pas de problème, cousin, ça me fait plaisir. Tout le monde chez moi vers dix heures demain. Je m'occupe du repas. Et je vous quitte maintenant, j'ai des parents à convaincre. À plus!

— Attends-moi, dit Maude, je te suis. Je dois rentrer plus tôt aujourd'hui. Nous avons de la visite, et ma mère m'a fait promettre de revenir avant le souper.

Les deux amis prennent la route, perdus l'un et l'autre dans leurs pensées. Ils réfléchissent à ce message qu'ils ont reçu ce matin, essayant d'imaginer qui est l'inconnu dont il est question, cette autre personne qui doit sortir de l'ombre. Maude regarde le capitaine des Requins en se disant qu'elle aimerait tellement que ce soit lui. De même pour Zack, qui ose à peine lever les yeux du sol, ayant de plus en plus de difficulté à cacher son attirance pour... l'ex de son cousin.

Dès qu'ils sont hors de vue, Nathan prend la parole.

— Les amis, vous ne devez pas vous présenter demain.

— Comment ça ? interroge William. Tu viens de proposer l'activité.

— Oui, poursuit Félix-Olivier, es-tu tombé sur la tête, le grand ?

— Pas le moins du monde, répond Nathan.

Ce dernier leur explique la machination que lui et ses complices ont montée depuis lundi. Tous trouvent l'idée géniale. D'un commun accord, ils décident d'attendre le lendemain, à onze heures, pour annuler l'événement, ce qui donnera amplement le temps à Maude de se présenter... seule. De leur côté, ils se feront dorer toute la journée au soleil, à la plage publique. Ainsi, ils seront injoignables pour les deux dindons de la farce, qui auront toute la journée pour mijoter dans leur jus et peut-être enfin s'avouer leurs sentiments.

Comme prévu, le jeudi matin, Maude est la première à se présenter chez Zack. Après son arrivée, le téléphone du hockeyeur ne dérougit pas. Chacun de ses amis annule sa présence en prétextant une activité imprévue. Le capitaine des Requins et la petite rouquine se retrouvent seuls pour la journée, qu'ils décident de passer ensemble. Après tout, c'était le plan d'origine. Les autres, allongés sur la plage, essaient d'imaginer ce qui est en train de se passer chez Zack.

CHAPITRE 16

Dans la vie comme au hockey...

Le vendredi matin, dès son réveil, Nathan s'arme de courage et empoigne le combiné du téléphone. Il est temps d'avouer à Zack la supercherie dont il a été victime... tout comme Maude, d'ailleurs, et de lui confier aussi qu'il connaît les sentiments qu'il éprouve pour la belle rouquine. Nathan entend la sonnerie à l'autre bout du fil. Plus les coups retentissent dans ses oreilles, plus les battements de son cœur s'accélèrent.

— Allô?

— Salut, Zack. C'est Nathan. Il faut que je te parle, cousin.

— Salut, Nath. Je déjeune et je viens chez toi si tu veux.

— Non, j'ai quelque chose à te dire, et il faut que je le fasse maintenant.

— Vas-y, je t'écoute. Au ton de ta voix, j'imagine que ce doit être important.

— Je suis au courant, laisse tomber Nathan, après une seconde d'hésitation.

— Au courant de quoi ?

— Du contenu de ton journal.

Silence de mort au bout du fil. Nathan reprend son souffle et poursuit.

— Ça y est, c'est dit ! Je ne suis pas fâché.

— En es-tu sûr ? demande Zack, livide.

— Certain ! Maude et moi, c'est du passé. Dis, si tu veux toujours venir déjeuner, nous pourrions en parler face à face, propose Nathan.

— Je veux bien, déclare Zack. J'avertis mes parents, j'enfourche mon vélo et je te rejoins. Prépare la pâte à crêpes !

Une fois la communication terminée, Nathan s'affaire à apprêter le petit-déjeuner. Zack arrive en trombe moins de vingt minutes plus tard. Une question lui brûle déjà les lèvres. Dès que la porte s'entrebâille, il demande :

— Nath, es-tu vraiment certain de ne pas être furieux ?

— Oh là, Zack ! Prends le temps de t'asseoir. Je te rassure, je te le répète, je ne suis pas fâché. J'imagine que tu vas me parler de ma mauvaise passe. Sans façon ! Il y a déjà assez de Nao et de Laurier qui ne me lâchent pas avec cette histoire.

— Quoi ? Laurier, je veux bien, mais Nao... elle est au courant ! interroge Zack.

— Je ne t'ai pas tout dit. Viens, les crêpes sont prêtes. Je vais tout te raconter.

Les deux cousins s'installent à table. Nathan prend la parole et entame un monologue qu'il achève une quinzaine de minutes plus tard. Lorsqu'il se tait, Zack a la mâchoire pendante. Nathan reprend :

— Naomi et Laurier vont bientôt arriver. Ils seront ici dans quelques minutes.

Au moment où Nathan termine sa phrase, la sonnette retentit. Les complices sont pile à l'heure. La discussion se poursuit.

— Zack, il est temps que tu fasses les premiers pas, déclare Naomi.

— Oui, je veux bien, mais...

— Eh bien moi, affirme Laurier de sa voix théâtrale, je dirais que, dans la vie comme au hockey, rien n'est impossible.

— Je ne suis pas certain de comprendre ton analogie avec notre sport préféré, Laurier, lâche Zack en se grattant la tête.

— Facile, pourtant! Le filet est grand ouvert, et même le défenseur étoile de l'équipe adverse ne bloquera pas ta montée au but, hein Nathan?

— C'est vrai, je te laisse toute la zone libre, répond le défenseur.

— Si Maude en est la gardienne, il ne sera pas difficile pour toi de marquer, poursuit Naomi.

— Arrête de te poser des questions, monte au filet, lance et compte, recommande Laurier. Rien de plus simple. Et sans faire de mauvaises blagues, Nathan te tend le flambeau. Quant à ta flamme, elle m'a l'air assez puissante pour rallumer la torche pour un bout de temps et tu ne m'as pas l'air d'avoir les bras trop meurtris...

— Alors, qu'est-ce que je fais? demande Zack.

— Tu l'appelles, tu lui donnes rendez-vous, et le reste devrait se faire tout seul, dit Naomi, en lui tendant le téléphone.

— Maintenant? Il est à peine neuf heures, les amis.

— Peut-être, mais le temps file, enchaîne Laurier. Je le répète, dans la vie comme au hockey, il faut savoir lancer quand c'est le temps. À force de trop faire de passes, ou de tours de passe-passe comme dirait Will, tu pourrais rater ta chance.

— Et le regretter, cousin.

Zack reste silencieux, réfléchissant.

— Prends ce téléphone et appelle Maude, reprend Laurier. De toute manière, c'est aujourd'hui que ça se décide pour toi.

— Qu'est-ce que tu veux dire?

— Nous étions certains que tu ne ferais rien, commence Nathan.

— Alors nous avons demandé l'aide de toute la bande, enchaîne Naomi. L'esprit d'équipe, ce n'est pas que sur la patinoire qu'on doit le trouver, mais en tout temps. Nous avons élaboré un plan détaillé, poursuit la Rocketfille. Allez, appelle Maude. Dis-lui de te retrouver chez toi à onze heures. Tu verras pour le reste.

Naomi tend de nouveau le téléphone à Zack, qui l'empoigne d'une main molle.

— Heureusement que tu ne tiens pas ton bâton ainsi pendant un match, Zack, murmure Laurier. Tu ne serais pas le meilleur marqueur de la ligue.

Zack compose le numéro de Maude et lui demande de le rejoindre, chez lui, dans une heure. Il lui avoue simplement qu'il a quelque chose à lui dire. Elle promet d'être là et raccroche.

— Et maintenant, qu'est-ce que je fais ? interroge Zack, en regardant ses amis.

— Tu vas te faire tout mignon, souffle Naomi.

— Tu prends ton courage à deux mains, enchaîne Laurier.

— Et on s'occupe du reste, conclut Nathan. Maintenant, tout le monde dehors ! Zack, nous ne serons pas très loin.

Et si tu t'écroules avant d'avoir fait part de tes sentiments à ta belle, nous lui expliquerons nous-mêmes ce que tu t'apprêtais à lui avouer, ne t'inquiète pas.

Sur le chemin du retour, Zack, un peu étourdi par les événements et légèrement anxieux, se demande ce que ses amis ont pu préparer. Il semble que, d'une manière ou d'une autre, il soit acculé au pied du mur. Aussi bien faire la démarche seul, mais comment? Lui, si fougueux sur la glace, se sent pataud et maladroit quand il n'y est pas.

Sur le chemin qui le sépare de sa maison, il réfléchit. Il réfléchit sous la douche. Il réfléchit en s'habillant. À onze heures pile, lorsque la sonnette retentit, il réfléchit encore. Il sent ses jambes... et son courage... défaillir. Il ouvre la porte.

À sa grande surprise, Maude n'est pas seule. Derrière elle, toute l'équipe se tient debout, bâtons de hockey en main.

— Dis, sais-tu ce qui se passe, Zack?

— Oui et non, Maude.

Il a la bouche pâteuse.

— Alors pourquoi m'as-tu fait venir chez toi?

Le capitaine des Requins reste sans voix et rougit. Félix-Olivier prend la parole.

— Hé, Maude, le capitaine des Requins n'ose pas te le dire, ou ne trouve pas les mots. Moi, le capitaine des BQR, je sais comment faire.

Puis, se tournant vers ses coéquipiers, Félix-Olivier lance :

— Les copains, à vos bâtons. Ce qui refuse de sortir de la bouche de Zack, nous l'écrirons avec nos bâtons de hockey.

En moins de deux, tous disposent leurs bâtons de manière à écrire le nom de Maude sur le sol.

— Mais encore? interroge la jeune fille, en se tournant de nouveau vers Zack. Qu'est-ce que cela signifie? Pourquoi ont-ils écrit mon nom? Tu le sais?

— Je... je... oui, je sais.

— Courage, Zack! s'écrie Nathan.

— Tu me plais. Je te vois dans ma soupe.

— Et dans tes Alpha-Bits ?

— Oui, dans mes céréales aussi.

Tous les feux d'artifice du monde ne pourraient rivaliser avec l'éclat qui brille dans les yeux de la jeune fille. Derrière eux, les coéquipiers applaudissent à tout rompre.

— Il lance et compte ! s'exclame Nathan.

Les tourtereaux, le sourire aux lèvres, pivotent vers leurs amis.

— Et si nous jouions un peu au hockey ? propose Zack.

— Voilà une idée géniale ! déclare Félix-Olivier. Le tournoi se joue DE-MAIN, et je n'ai pas l'intention de voir les BQR se faire massacrer. Après tout, c'est mon premier emploi à titre de capitaine et je compte bien y laisser ma marque.

Sur ces mots, les ados empoignent leur bâton. Maude rejoint Naomi qui se jette dans ses bras, contente que les amoureux se soient enfin trouvés. Ils prennent position au centre de leur glace imaginaire et courent derrière la balle orange pendant l'heure qui suit. Puis, vers midi trente, alors qu'ils se préparent à aller dîner, William les retient. Il a décidé de profiter de cette occasion pour leur faire une annonce spéciale :

— Les gars, j'ai pris ma décision concernant l'école.

Les joueurs retiennent leur souffle. Ils attendent ce moment depuis le début de l'été et craignent les mots qui vont suivre.

— J'abandonne le sport-études...

— Ah non ! s'exclament en chœur les amis, déçus.

— ... mais pas les Requins !

— Ouf ! j'ai eu peur que tu t'effaces de nos vies, déclare Zack.

— Ne t'en fais pas. J'ai réfléchi et je dois absolument consacrer plus de temps à mes cours de magie, si je veux m'améliorer. Sur la glace, je resterai pour toujours votre magicien. Je continuerai de faire disparaître la rondelle derrière le gardien. Tu sais bien que j'ai le tir du poignet plus rapide que l'œil.

— Là, tu as raison, Will ! poursuit Zack, l'air quand même triste. C'est juste que...

tu fais partie de mon quotidien depuis que je suis tout petit... et maintenant, je n'aurai plus aucun de mes ailiers en classe avec moi. La vie à l'école ne sera plus la même, sans toi et sans Laurier...

— Nous serons là dans tes pensées, Zack, enchaîne Laurier.

— Au pire, tu les inviteras à coucher, cousin, reprend Nathan. Tu pourras avoir de longues conversations avec eux, hein, « dormeur » !

Les amis sourient à cette remarque. Seule Maude ne comprend pas ce qui se passe. On s'empresse de lui expliquer le stratagème utilisé pour connaître le contenu du journal, et elle se moque gentiment à son tour.

Tous prennent la direction de leur maison pour dîner. Maude reste avec Zack. La bande se retrouvera au parc cet après-midi pour tuer le temps, en attendant le tournoi qui débute dès demain.

CHAPITRE 17

Premier jour
de tournoi

Samedi matin, à huit heures précises, tous les participants au premier tournoi de hockey-balle de Rocketville sont présents. Les aires de jeu ont été délimitées, des bénévoles indiquent aux équipes où se présenter et au public où se diriger. Les arbitres, quant à eux, sont en poste. Même un médecin est sur place pour soigner toute blessure et il s'agit de nul autre que du docteur Simard. Laurier le salue de la main au passage. Il sourit. La foule est déjà en délire ! Jean-Roch Laflamme, en tant que membre du comité organisateur du tournoi, prend le microphone.

— Mes amis, je ne me lancerai pas dans un discours-fleuve ce matin. Je vous remercie de vous être déplacés en si grand nombre pour assister à ce premier tournoi de hockey-balle. En espérant qu'il devienne une tradition, je vous souhaite deux belles journées de hockey et beaucoup de plaisir. Demain, en fin de journée, nous connaîtrons les grands vainqueurs chez les équipes formées de jeunes, au nombre de huit pour cette première année. Quant à la ligue « du vieux poêle », comme elle fut affectueusement nommée, elle ne comprend que deux équipes. Nous parlerons alors d'un match exhibition. Mais pour l'instant, place au jeu, et que la meilleure formation l'emporte !

Jean-Roch quitte la scène et rejoint son équipe, salué par un un tonnerre d'applaudissements. Lui et ses joueurs, de même que les spectateurs, se dirigent sur et autour des deux aires de jeu aménagées dans la grande cour.

Les BQR participent au premier match qui les oppose aux Fauves de Saint-Roland. En saison régulière, ces deux équipes de hockey ne sont pas de la même ligue, c'est pourquoi les joueurs se connaissent peu ou pas du tout, n'ayant pas l'occasion de jouer très souvent les uns contre les autres. Certains élèves de sport-études se reconnaissent tout de même et s'adressent un salut silencieux.

Quelques minutes avant que la rencontre ne commence, Jean-Roch Laflamme appelle près de lui sa troupe, qui vient l'encercler. Les joueurs remarquent à peine le sac de plastique opaque qui gît à ses pieds.

— Les enfants, nous voilà au début de ce premier tournoi de hockey-balle. Une autre façon de prouver qu'à Rocketville, le hockey fait partie de nous. Comme je sais que vous allez donner votre maximum, j'ai un cadeau pour vous.

Le vieil homme se plie tout doucement et saisit le sac. Après en avoir défait le nœud, il sort de magnifiques t-shirts d'un « rouge Canadien » éclatant, sur le devant desquels on peut lire : « Boules qui roulent », puis, juste en dessous, « BQR ». Au dos est inscrit le nom de famille de chacun des joueurs de l'équipe et son numéro. Pour les Requins, Jean-Roch a choisi le même numéro qui orne habituellement leur chandail. Pour les autres, il a usé de créativité. Un C, pour capitaine, a été apposé sur celui de Félix-Olivier.

Maude, voyant le sien, s'informe auprès de l'entraîneur de son origine.

— Dans ton cas, mademoiselle, j'ai choisi le numéro un, car c'est la première fois que tu participes à un match officiel de hockey en compagnie de tes amis.

— Et elle est aussi numéro un dans mon cœur, grand-papa, s'exclame Zack, lui-même surpris par sa propre audace.

Toute l'équipe émet un sourire en observant la mine rougie de Zack, mais surtout celle du grand-père, qui ne comprend pas très bien à quoi son petit-fils fait référence.

Tout le monde enfile son chandail. Les paires d'attaque et de défense se présentent au centre de l'aire de jeu. La partie peut commencer.

Les premières minutes s'écoulent sans qu'il y ait vraiment de jeu spectaculaire de part et d'autre des formations. Sur les deux aires de jeu, les joueurs adaptent leur

stratégie en fonction de la surface bitumi-
née. Puis, quelques minutes avant la fin du
premier tiers, limité à quinze minutes,
contrairement aux vingt minutes habituelles – soleil de plomb oblige –, William,
courant aux côtés de Félix-Olivier, décoche
une passe vers son coéquipier, qui s'élance
d'un bond. Ce dernier contrôle parfaite-
ment la balle, la faisant rouler entre les
jambes du défenseur adverse, qui réagit
une fraction de seconde trop tard. Le capitaine reprend le contrôle de la balle et
décoche un tir en direction du gardien, qui
n'arrive pas à capter le projectile. Ce dernier le déjoue sur sa gauche, du côté de sa
mitaine. Les BQR prennent les devants,
c'est un à zéro. L'arbitre siffle la fin du premier tiers. Aucun autre but n'a été marqué.
La pause de trois[5] minutes est méritée. Zoé
se tient prête à bien hydrater les joueurs.

— Demandez votre bouteille d'eau !
Bouteille d'eau !

---

5   Au hockey sur glace, on attribue seulement une
minute entre les périodes. Comme il fait chaud, les
organisateurs du tournoi ont décidé d'attribuer trois
minutes.

Voir la fillette prendre sa tâche avec autant de sérieux fait décrocher un sourire à tous ceux qui se trouvent près d'elle. L'arbitre siffle la reprise du jeu.

Durant la deuxième période, aucune équipe ne parvient à marquer. Mais le troisième tiers se montre plus palpitant. Dès les premières minutes de jeu, un attaquant des Fauves fonce en direction de Joey. Il déjoue non sans peine le duo formé de Naomi et de Luka, et y va d'un tir puissant qui laisse la pieuvre un peu ébranlée. La marque est égale, c'est maintenant un à un.

Sans s'apitoyer sur leur sort, les BQR se rattrapent moins de deux minutes plus tard. Zack tente une passe vers Maude, mais la balle est partiellement bloquée par le défenseur adverse, ce qui donne l'occasion à l'attaquant des BQR de la récupérer et de déclencher un tir au but, que le gardien bloque. Ce dernier la renvoie sur sa gauche. Maude, profitant d'une cage déserte, redonne l'avance à son équipe : c'est deux à un.

Après ce magnifique jeu, et le brio avec lequel Maude a enfilé la boule dans le but,

Zack et elle se jettent littéralement dans les bras l'un de l'autre, sous le regard surpris de leurs parents respectifs et de celui un peu plus amusé de Jean-Roch Laflamme. Ce dernier comprend maintenant ce que son petit-fils voulait dire en parlant d'elle comme son numéro un.

Zack, tel un chevalier avec son épée, met son bâton de hockey à côté d'un de ses flancs et s'agenouille devant sa belle. La foule applaudit, mais l'arbitre siffle. L'attaquant des BQR est envoyé au banc des pénalités pour avoir retardé le jeu. La foule rouspète, mais l'arbitre la fait taire en sifflant de nouveau la reprise du jeu. Marc et Hélène, stupéfaits par le geste chevaleresque de leur fils, se réveillent de leur léthargie en le voyant leur adresser un grand sourire du banc des pénalités.

Les minutes restantes se jouent de manière plus défensive par les BQR, qui évitent de mettre Joey en danger en le protégeant de leur mieux. Ce qui plaît à la pieuvre, qui meurt de chaleur sous son équipement de gardien et qui a bien hâte de pouvoir en enlever quelques couches, comme dirait sa mère. Les efforts des Fauves de Saint-Roland demeurent vains, puisque le match se termine avec une marque finale de deux à un pour les BQR, qui accèdent à la deuxième manche du tournoi. Une autre victoire comme celle-là et ils passent en finale.

Comme seuls les matchs de première ronde sont disputés aujourd'hui, les BQR assistent aux autres parties afin de voir qui en sortira vainqueur et qui seront leurs adversaires potentiels.

Le match opposant les Assoiffés aux Truffes se jouait en même temps que le leur. Ce sont les Truffes du Lac Long qui ont gagné : cinq à trois.

Les Éclairs de Laraville, quant à eux, foudroient les Tornades de Saint-Simenon en les blanchissant deux à zéro. Une défaite cuisante pour la formation, sous une chaleur accablante.

Naomi s'attarde à la rencontre des Champions de Saint-Rosaire puisque David, son « ex », en fait partie. Si elle devait l'affronter, ce qui est tout à fait possible, elle veut connaître son style pour éviter qu'il ne sorte gagnant de l'affrontement. Pour le moment, son équipe s'en sort plutôt bien. Même si les Démons de Saint-Patrick leur donnent du fil à retordre, les Champions gagnent le match avec un pointage de deux à un.

Ainsi se termine la première journée d'activité. Les équipes participantes sont invitées, dès huit heures le lendemain matin, pour la suite du tournoi. La journée commencera par la présentation du match exhibition de la ligue du vieux poêle. Les match des demi-finales se joueront à dix heures. Suivra un repas fourni par le comité organisateur du tournoi, aidé de ses bénévoles, puis la finale se tiendra à treize heures trente, alors que le soleil, de même que l'enthousiasme de tous, seront à leur zénith. Tout cela sur l'aire de jeu numéro un. Sur la deuxième aire se disputera le match de la finale consolation.

Ce soir, à Rocketville, tout comme dans les trois autres villages, les adolescents n'envahissent ni rue, ni parc, ni maison. Tous se couchent tôt pour être en forme pour les parties du lendemain.

CHAPITRE 18

Deuxième jour
de tournoi

Dès son réveil le dimanche matin, Zoé trépigne d'impatience. Elle a bien hâte à huit heures, moment où le match des Experts commencera. Se remémorant la mine cramoisie des adultes après les entraînements des dernières semaines, elle se dit qu'elle aura du pain sur la planche. Elle est déjà prête.

À l'heure prévue, joueurs et spectateurs sont au rendez-vous. Tous se massent autour de l'aire de jeu pour assister au match des parents. La durée des périodes sera de dix minutes pour eux. Certains joueurs étant moins assidus que d'autres (et moins en forme), les arbitres ne veulent pas les voir terminer leur tournoi à l'hôpital pour coup de chaleur ou épuisement... professionnel.

Les Experts de Rocketville font face aux Prudents de Rivière-à-la-Truite. Deux noms laissant présager que le match de ces équipes ne passera pas à l'histoire pour la rapidité de ses joueurs et de son jeu, mais plutôt pour leur sagesse et leur expérience derrière le bâton, bien que l'expérience soit totalement absente dans le cas de certaines joueuses.

La première période est la plus enlevante et la plus rapide. Les joueurs des deux formations, gonflés à bloc, présentent de beaux jeux. Ainsi, à sept minutes du premier tiers, Éric et Alain profitent d'être deux contre un pour pénétrer en territoire ennemi. Éric tente une passe vers Alain, mais la balle est déviée dans les airs par le bâton du défenseur adverse. Alain s'élance, frappe la balle en plein vol tel un joueur de baseball et l'envoie directement dans le filet. Le gardien, abasourdi par la vitesse de la balle, est totalement déjoué. Au microphone, le commentateur ne peut s'empêcher de scander :

— Alain! Alain! Alain! Bonsoir, elle est... rentrée![6] Un à zéro pour l'équipe des Experts, mesdames et messieurs!

Paraphrasant, bien évidemment, le célèbre commentateur des Expos de Montréal à la radio puis à la télé, Rodger Brulotte.

La période se termine, avec une avance d'un but pour les Experts.

Zoé exulte. Les joueurs sont essoufflés, déshydratés, et transpirent à grosses gouttes. Surtout Mario, qui a l'impression de perdre un kilo pour chaque minute passée sous son équipement de gardien. Zoé gorge son équipe d'eau. Chaque adulte remercie mentalement les organisateurs, qui ont prolongé l'intervalle entre les périodes, pour passer de trois à cinq minutes.

L'arbitre siffle le début de la deuxième période. Les joueurs des deux équipes se rendent (péniblement) au centre de la surface de jeu. Marc fait face à l'attaquant adverse pour la mise au jeu. D'une main

---

6   Bonsoir, elle est partie!

un peu moins alerte, il s'empare de la balle et fait une passe à son coéquipier sur sa gauche, qui la lui remet immédiatement. Marc surprend alors le cerbère des Prudents avec un tir entre les deux jambes. Ce qui porte la marque à deux à zéro pour son équipe.

Les Prudents ne se laissent pas démonter pour autant et répliquent quelques minutes plus tard. Un de leur défenseur, ayant remarqué que son équipier était bien posté devant le but laissé sans surveillance par Sandra – occupée à replacer les pièces de son équipement de protection –, lui envoie la balle. Ce dernier décoche un tir à la réception. Mario ne peut le bloquer. Sandra, toujours en train d'ajuster son équipement, ignore qu'un but vient d'être marqué.

La deuxième période prend fin, alors que les Experts sont en tête avec un but d'avance sur leurs rivaux. Le score est de deux à un.

Zoé, voyant les joueurs se traîner jusqu'à leur banc, se tient prête. Elle ouvre sa trousse de premiers soins et en sort des débarbouillettes, qu'elle humecte d'eau froide. Puis elle les distribue à qui désire se rafraîchir. Son grand-père a aussi mis à sa disposition une distributrice d'eau, grâce à laquelle elle remplit les bouteilles déjà vidées par les joueurs. Visiblement, leur soif semble intarissable. À cela s'ajoutent les différentes crèmes analgésiques que ses parents lui ont données pour soigner les douleurs musculaires. Les joueurs des Prudents observent la porteuse d'eau se dévouer à la tâche et sont déçus de ne pas y avoir pensé.

L'arbitre siffle le début du troisième et dernier tiers. Les joueurs, éreintés, se présentent sur l'aire de jeu sous les applaudissements nourris du public, qui encourage ses vénérables joueurs. Le niveau d'âge moyen de l'équipe semble soudainement être passé de quarante à soixante ans bien sonnés.

Un seul but est marqué en troisième lorsqu'un attaquant des Prudents fonce péniblement en direction de la zone adverse. Les défenseurs des Experts, haletants et exténués, ne parviennent pas à arrêter la montée (pourtant poussive) de l'adversaire. Mario, qui a été déjoué il y a quelques minutes à peine, se laisse choir pour bloquer la balle. Mais cette dernière, sans trop savoir comment, va se loger dans le fond du but. Le joueur des Prudents lève les bras au ciel en signe d'allégresse, mais l'horizon doit être plutôt bas aujourd'hui, car ses deux membres supérieurs se soulèvent d'à peine quelques centimètres. Mario, pour sa part, reste étendu au sol, n'ayant plus la force de se relever. Les autres joueurs, quant à eux, rient de fatigue, voire d'épuisement.

Le match se termine par une marque égale. L'arbitre s'apprête à proposer une période de prolongation, mais se ravise en voyant la mine déconfite des joueurs. Ces derniers le menacent même des pires atrocités... dès qu'ils auront repris la forme, soit dans quelques jours pour certains, ou quelques semaines pour d'autres.

Moins de trente minutes plus tard, c'est aux jeunes de reprendre du service. Les deux matchs de demi-finale se jouent en même temps sur les deux aires de jeu.

D'un côté, Félix-Olivier et sa bande des BQR bravent les Truffes du Lac Long, alors que les Champions de Saint-Rosaire se mesurent aux Éclairs de Laraville. Les matchs, enlevants, regorgent de bons jeux. Les BQR et les Champions sortent vainqueurs de leur match respectif. Les équipes s'affronteront en grande finale. Ce qui laisse présager du très bon hockey, si l'on se fie aux deux fins de saison pee-wee ayant opposé les Requins de Rocketville et les Panthères de Saint-Rosaire au hockey sur glace. Après tout, les équipes sont composées du même noyau, à une ou deux exceptions près. La rivalité se transporte sur l'asphalte.

Chaque équipe prend le temps de déguster le repas offert par le comité organisateur, avant de reprendre les hostilités. Quelques minutes avant le début du match, Jean-Roch Laflamme appelle ses joueurs. Il est temps de passer aux choses sérieuses.

— Les enfants, voilà notre dernier match. Ces Champions vous ont peut-être défaits la saison passée en patins en tant que Panthères, mais ils n'auront pas le dessus aujourd'hui en espadrilles. Me suivez-vous ? Sortez vos dents de Requins.

— Oh que non, oh que oui! déclare Naomi.

Ses coéquipiers la regardent d'un air perplexe.

— Pas question de les laisser gagner, oh que non, parole de Rocketfille! Et pour les dents de Requins, oh que oui! Grrrrrrr, se contente-t-elle d'ajouter en serrant la mâchoire.

— Je ne sais pas ce qui te motive autant, ma belle, mais j'aime ton attitude. C'est la guerre, mes enfants, et il faut en sortir vainqueurs.

— Que la boule roule pour nous tous! déclare William.

— Et qu'elle roule carrée pour nos adversaires! ajoute Joey.

— Mieux encore, lance Laurier, qu'elle ne roule pas du tout!

On pousse quelques cris de ralliement, puis Zoé claironne :

— Go, les Boules qui roulent!

L'arbitre appelle les joueurs au centre de l'aire de jeu. Dans la foule, les spectateurs encouragent, de leurs applaudissements, les deux formations. Après tout, il s'agit de hockey estival. On l'aborde avec beaucoup moins de férocité et d'ardeur que les matchs sur glace, même si la rivalité demeure palpable entre les équipes qui s'affronteront pour le titre de champion du tout premier tournoi de hockey-balle de Rocketville.

La première période se déroule vite, presque sans arrêts de jeu. Joey fait preuve de brio dans les buts des BQR, alors que David, qui a décidé d'occuper le poste de gardien de but pour les Champions, s'en tire plutôt bien, bloquant tous les tirs lancés dans sa direction. Les quinze minutes s'envolent rapidement.

Alors que Zoé s'occupe d'hydrater les joueurs, Jean-Roch les motive de son côté. Les trois minutes sont déjà écoulées, et l'arbitre réclame les joueurs sur le terrain.

La deuxième période commence en lion. En effet, William court avec la balle vers le fond de la zone adverse. Il tente un tir qui se transforme, comme par magie, en passe vers Félix-Olivier. Ce dernier lance la balle dès sa réception, déjouant

David du côté droit. Le score est d'un à zéro pour l'équipe locale. Dans la foule, les partisans crient à tue-tête.

La marque reste inchangée pour cette période. C'est toujours un à zéro pour les BQR, les Champions étant incapables, pour l'instant, de trouver une faille dans la muraille défensive adverse. La pieuvre, dans son filet, reste admiratif devant le travail accompli par ses deux paires de défenseurs.

Cette admiration, toutefois, pâlit en troisième période. Will, parti en flèche en direction du but adverse, s'emmêle dans ses propres pieds et perd la boule orange aux mains d'un attaquant qui tire profit de sa bévue pour filer droit vers le but ennemi. Il déjoue la vigilance de Naomi et de Luka, et se présente seul devant Joey. Ce dernier, comme il le dira plus tard, a été aveuglé par le reflet du soleil sur la grille du casque de l'adversaire et n'a rien pu faire. Les Champions viennent de créer l'égalité. Will, en revenant au banc pour un change-ment de duo en attaque, s'aperçoit que son pied droit lui fait un peu mal. Il termine la période sur le banc, et les trois attaquants toujours en poste se partagent le temps de jeu.

L'arbitre siffle la fin de la troisième période et le score est toujours égal. Contrairement au match exhibition, pas question de laisser les choses telles quelles. Rocketville doit couronner une équipe championne, il y aura donc une prolongation de cinq minutes. Si aucun but n'est marqué, il y aura tirs de barrage.

Jean-Roch demande une rencontre avec l'arbitre en chef, de même qu'avec l'entraîneur de l'équipe adverse. Il requiert l'autorisation d'effectuer quelques changements dans ses lignes d'attaque et de défense, en raison de la blessure légère de son joueur. Proposition acceptée par les deux parties. Naomi, ayant quelques comptes à régler avec son « ex », se porte volontaire pour remplacer Will à l'attaque. Laurier, Nathan et Luka seront en défense.

La période de prolongation vient à peine de commencer. Félix-Olivier et Naomi s'échangent la balle au centre de l'aire de jeu. F.-O. voit une ouverture sur la gauche et fonce à toute allure en zone adverse. Plutôt que de décocher un tir, il fait une passe au centre pour Naomi, qui reçoit la balle derrière elle. La Rocketfille la récupère habilement, la fait rouler entre ses jambes puis se présente seule devant le gardien, la balle au bout de sa palette. Elle le déjoue d'une feinte gauche-droite, suivie d'un tir du revers dans le haut du filet. David, le cerbère des Champions, ne peut rien devant le jeu spectaculaire de son ex. Naomi lève le bras en signe de victoire et toise son adversaire en lui décrochant un sourire narquois. Elle se retourne vers ses coéquipiers, qui se ruent vers elle pour la soulever dans les airs. Elle vient de marquer le but gagnant.

Les BQR sont couronnés vainqueurs du tournoi. Ils triomphent des Champions de Saint-Rosaire, qui portent bien mal leur nom en ce jour et pour qui cette finale laisse un goût amer. En finale de consolation, les Assoiffés remportent les honneurs et se promettent de faire mieux l'an prochain.

Les cérémonies de clôture prennent fin au moment où le comité organisateur remet la coupe aux BQR de Rocketville, qui la portent bien haut sous les cris et les applaudissements de la foule qui acclame les héros du jour.

Les joueurs de Saint-Rosaire félicitent les gagnants. Alors que David empoigne la main de Naomi pour la louanger, il se jure de gagner chaque match qui l'opposera à la Rocketfille l'an prochain. Elle a été plus forte en espadrilles, mais il se promet bien de lui montrer qui est le meilleur en patins.

Épilogue

Au lendemain du tournoi de hockey-balle qui a couronné vainqueurs les BQR, les jours s'écoulent plus rapidement. L'été tire à sa fin, et une liste interminable de détails à préparer avant la rentrée se dessine, notamment l'achat des livres et la célèbre séance d'achat de vêtements, communément appelée « torture » par tous les garçons de la bande, contrairement à Naomi et à Maude qui en redemandent. Il reste moins d'un mois avant la rentrée scolaire et le début de la période d'entraînement au hockey. Les joueurs des BQR vont troquer leurs espadrilles contre les patins et se retrouver dans leur peau de Requins. Maude, pour sa part, retrouvera sa console de jeu. Félix-Olivier, après avoir passé un été dans la peau d'un capitaine, redonnera le titre et le chapeau à Zack, capitaine des Requins de Rocketville. Ces derniers délaisseront alors la piscine de la pieuvre pour la surface d'eau glacée sur laquelle ils aiment tant s'amuser.

Avec du recul, on peut dire que cet été à Rocketville s'est déroulé sous le signe des commotions. Plusieurs changements bouleverseront aussi l'avenir des jeunes joueurs : la décision de Lévi et de Roman d'abandonner le programme sport-études, par exemple, ou celle de Laurier et de William de se consacrer à d'autres passions.

Néanmoins, toute la bande attend avec impatience la fin de l'été. L'automne et l'hiver leur réservent encore plus d'une surprise, mais chacun des adolescents a appris à accueillir les nouveaux défis. Et l'année qui suit en sera certainement remplie ! Après tout, il y a le passage en deuxième secondaire, le changement d'école, mais surtout, le passage au niveau bantam.

S'ils laissent les commotions derrière eux, les joueurs des Requins, Zack et Nathan plus particulièrement, savent que la vie n'est jamais tranquille bien longtemps à Rocketville. Qui sait ce que leur réserve leur première saison bantam ?

STRUCTURE DE TOURNOI

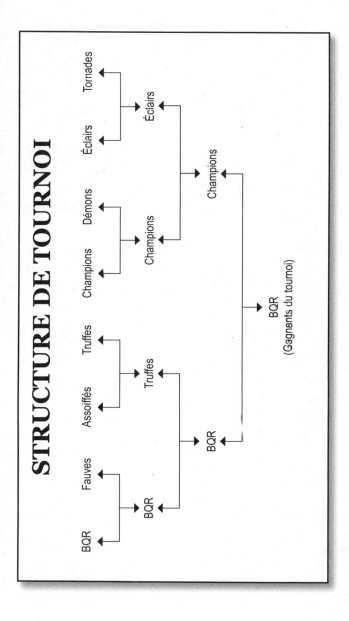

Table des matières

Danielle Boulianne

Je suis originaire du Saguenay, mais je vis à Montréal. Je suis la mère de deux ados, Naomi et Zack.

J'ai commencé à écrire des poèmes dès que j'ai su aligner les lettres pour en faire des mots. J'ai la tête qui déborde d'histoires que j'ai le goût de partager. C'est pour ça que j'écris des romans.

Je suis l'auteure de plusieurs romans pour la jeunesse, mais aujourd'hui, je vous présente le septième d'une série pour les amateurs de hockey de neuf ans et plus.

Zack et ses coéquipiers vivent de nouvelles aventures...

Jessie Chrétien

Bonjour à vous, chers lecteurs et lectrices! Je m'appelle Jessie Chrétien et je suis l'illustratrice de ce roman. Pour vous faire une brève présentation, je suis née en 1985 dans le petit village de Gentilly et j'y ai grandi entourée d'arbres et de verdure. D'aussi loin que je me souvienne, j'ai toujours été animée d'une passion incontestable pour les arts. Créant de mes mains, principalement à l'acrylique et à l'encre, je joue avec les couleurs et les ambiances, réalisant des illustrations autant pour les petits que pour les grands.